U0085982

三民叢刊 171

好詩共欣賞

——陶淵明、杜甫、李商隱三家詩講錄

葉嘉瑩 著

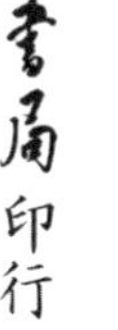

印行

再版說明

葉嘉瑩教授以自身豐厚的中國文學素養，兼取西方文藝理論之長，將畢生研究的心血結晶，化作一場場精彩的演說、一篇篇璀璨的著作，弘揚傳統文化美麗的精華，受到國際上的重視。

本書是葉嘉瑩教授四次演說的整理稿，收錄其受邀至北京舉行「舊詩欣賞」的講座內容。她解說詩學中的心物關係，並且融通傳統與新式評論詩歌的方法，對古典詩詞的欣賞與分析提出了具體、有系統的精闢見解，言簡意賅地評析陶淵明、杜甫、李商隱三位詩人的詩作，從物象的揀選、心境的變化、結構的安排等各種角度切入探討。親切易懂、生動活潑的講述使讀者能輕鬆掌握欣賞詩歌的理論與方法，以便更加貼近作家的生命歷程、體會作品的美感質量。書中所舉的評析要領，不僅

只適用於分析此三人的詩歌，更能應用於各式文學作品的剖析上，因此出版至今，廣受好評。

此次再版除了重新設計封面之外，同時校正了舊版中的一些疏漏，以使閱讀更為流暢，並且補述部分詩詞文句的出處，以利於查尋與探究。期望讀者能藉由本書淺顯平易的賞析，品味古典詩歌的動人情致。

三民書局編輯部　謹識

前言

葉嘉瑩

《好詩共欣賞》，只從此一書名，讀者就可以想見這一定是一本較為大眾化的讀物。這種大眾化的讀物，在我個人作品的出版中是一種較新的情況。我之開始寫作有關詩詞評賞的文字，蓋始於六十年代初期，那時的我喜歡用優美的文字寫出自己內心中對於詩詞之意境的一種要眇深微的感受。七十年代以後，因為在國外教學，遂開始撰寫一些較富思辨性的學院式的論文。八十年代以後，我忽然開始耽讀一些西方文論的著作，於是我自己的寫作，就也走上了一條好以西方文論來評析中國詩詞的途徑。這條途徑自然是一條較為狹隘、而且頗為專業化的途徑。但另一方面，則近年來我卻又抱有一種想要推廣詩詞教學使之普遍化和大眾化的願望。在這種情形下，我遂逐漸發現我自己研究詩詞的途徑，與我想要推廣詩詞的願望，二者間竟

然有了一種背離的趨勢。不過在這種背離中，我卻也幸運地發現了一個彌補的方法。那就是除了我自己個人的寫作外，我也曾由於一些友人的安排和邀請，為社會中的一般大眾，做了幾次普及性的詩詞講座。而我更該感謝的則是有些熱心的友人，更曾協助我把這些講座的錄音，都整理成了文稿和專書。這一冊書就是朋友們為我的一次普及性的系列講座，所整理出來的成果。

原來早在一九八七年二月，在北京的舊輔仁大學校友會、北師大校友會、中華詩詞學會、中國國際文化交流中心和教委老幹部協會等五個文化團體，曾經聯合邀請我在國家教委的有一千五百個座位的大禮堂中，舉行了一連十次的唐宋詞系列講座。本來我對於如此大規模的以程度不齊的社會大眾為對象的講座，曾經深懷恐懼，誰知聽眾們的反應竟然非常熱烈。當十次講演結束後，許多聽眾似乎意猶未盡，於是乃更有遠自東北來的一些友人，又接著邀我去東北繼續做了七次講演，更於講演結束後，由友人們把音帶整理編成了一冊《唐宋詞十七講》。既有了此一段因緣，於是這五個主辦單位遂於次年（一九八八）七月又邀我至北京，仍在教委禮堂又舉行

前言

了一次舊詩欣賞的講座，只可惜當時我的行程匆促，所以只做了四次講演。這冊書收錄的就正是那四次講演的錄音整理稿。

那次的講座本名「舊詩欣賞」，共分四講，第一講概論，主要是介紹中國舊詩傳統重視興發感動的一種美學特質。因為早在《毛詩．大序》中，中國的詩學就已經提出了「賦、比、興」之說，關於此三義之說法，歷代學者雖有許多不同的意見，而私意以為此三義之所指者，實當為情與物相感發的一種作用關係。「興」是由物及心，「比」是由心及物，「賦」則是即物即心。這三種關係是對中國詩歌中的興發感動之作用所做出的一種最為簡單扼要的說法。此外在第一講概論中，我也曾將中國詩學中對於心與物之關係的看法，與西方詩論中對於心與物之關係的看法，做了一些基本的比較。至於以後的三講，則是以第一講之概論為基礎，對於陶淵明、杜甫和李商隱三家的一些詩例，所做的實踐的評析。因此我評析中所特別強調的，乃是這三位詩人在詩歌之寫作中，對物象之選擇與掌握，以及其心意之投注與運行的幾種不同的方式；而我更注意的則是這三位詩人如何在他們不同的表述方式中，所傳

達的雖然性質不同，但卻同樣具有感動人心之效果的興發感動之作用。

這四次講演結束後，主辦人曾經請了三位友人把音帶整理寫定，做了出版的準備，但卻因有些出版社不願接受講稿，而希望我能親自把講稿寫定成書。這意見本來也很好，只可惜近些年來我一直忙於在各地奔波講學，完全沒有寫定成書的時間，於是這些講稿遂被擱置了多年，幾乎已被我完全遺忘了。直到去年，臺北的三民書局既出版了一冊由姚白芳女士所整理的題為《清詞選講》的我的講稿，今年姚女士又向我提及說三民仍有意出版我的其他講稿，才使我又想起了這一批舊的講稿，遂託姚女士把講稿帶去了臺北。最近我去臺北見到了三民書局的負責人劉振強先生，他告訴我說他們已決定出版這一冊講稿，並要我寫一篇前言，因而我乃在此講稿成書之際略述其因緣如上。並願藉此機會對於為我整理這一冊講稿的安易、徐曉莉和楊愛娣三位友人表示誠懇的感謝之意。

最後我還有一點感言要在此略加敘述的，就是最近我曾收到一位友人的來信，勸我應該減少到各地的講課，而應安定下來好好寫一些學術專業的著作，我對這位

前言

友人的勸告極為感謝，但正如我在前文所說，近年來我既逐漸萌生了想要推廣普及詩歌教學的願望，所以對於各地要我去講授詩詞的邀請，只要是我的時間精力之所允許，我一向都是樂於接受的。而且不僅是給成人們講詩，還曾多次給兒童們講詩。因為做為一個已曾從事詩歌教學有五十年以上之經驗的工作者，我確實感受到了詩歌對於一個人的智慧和心性能夠形成一種啟發和陶冶的功能。而要想達成這種功能，則面對面的講授，實在會比閉門寫出的專業著述有更好的效果。專業著述是偏於知性的，而當面傳述，則是較為感性的，但詩歌既原是一種感性的文學，所以當面的、生動活潑的講述，雖然在學術方面不能與專業的著作相比，但在感動和啟發方面，卻也往往會有更為直接的效果。記得就當我正在整理我的《唐宋詞十七講》的稿子時，我的女兒和她的一些朋友們偶然讀到了這些稿子，她們大家都感到極為歡喜興奮，認為她們從中得到了不少啟發和感動。其實我女兒那裡也存有我一些較為學術性的、理論更為深細的著作，而她們對那些書則並沒有什麼閱讀的興趣。我女兒當時就曾對我說，「你自己寫的那些著述，往往文白相雜，又引古書，又引外文

前言

我以為「好詩」較之「奇文」實應更易獲得讀者普遍的欣賞，乃為《好詩共欣賞》一書寫此前言如上。

一九九七年十二月十四日寫於天津南開大學

好詩共欣賞

——陶淵明、杜甫、李商隱三家詩講錄

目次

第一講　概論

理想和志意，他們只是把男女愛情和相思離別寫成漂亮的歌詞交給那些美麗的歌女去演唱，所以，詞是突破了中國舊文學的傳統的一種文學形式，突破了「詩言志」的傳統，突破了中國舊有倫理道德的傳統。但是詞很微妙，它在這些突破之中，在寫男女愛情之中，居然流露了賢人君子最深隱的心意。當然，詞從本來不是言志發展到言志是有一個過程的。這是我去年講過的內容。今天我們要開始講詩了，詩有完全不同的傳統，那就是「言志」的傳統，作詩的目的是為了表現自己內心的感情和志意。那麼，寫詩的動機是從哪裡來的？正如《毛詩·大序》所說的——「情動於中而形於言」。首先，你內心的感情要產生一種感動，要「搖蕩性情」，然後才能「形諸舞詠」。可是第二個問題就要問了：「情動於中」是怎樣動的呢？為什麼你的內心會有那種搖蕩的感動？我們教材的參考資料上引了《禮記·樂記》中的一句話：「人心之動，物使之然也。」就是說，人心的搖蕩、心靈的感動，那是外在的事物使其如此的。不過，這又引出

第一講　概論

了第三個問題：什麼樣的外在事物才能使你有所感動呢？我們教材的參考資料又引了鍾嶸《詩品・序》裡的一句話：「氣之動物，物之感人，故搖蕩性情，形諸舞詠。」我們中國常常說到「氣」。冬至陽生，夏至陰生，陰陽之氣的運行造成了四時節氣的變化。春天草木萌發，秋天草木搖落，這自然界萬物的種種物象就感動了人。正如晉代陸機〈文賦〉所說的：「悲落葉於勁秋，喜柔條於芳春。」外物的變化使人的內心感情產生搖蕩，詩人就用詩歌把它表現出來。所以《詩品・序》接下來就又說：「若乃春風春鳥，秋月秋蟬，夏雲暑雨，冬月祁寒，斯四候之感諸詩者也。」李商隱的詩說，「颯颯東風細雨來，芙蓉塘外有輕雷」（李商隱〈無題〉）——當颯颯的春風吹起、春天到來的時候，就喚醒了一個女子內心的感情，所以就「賈氏窺簾韓掾少，宓妃留枕魏王才」，這是春風引起的感動。春鳥也同樣使人感動：謝靈運有「池塘生春草，園柳變鳴禽」（謝靈運〈登池上樓〉）；唐詩有「打起黃鶯兒，莫教枝上啼；啼時驚妾夢，不

剛才我引了《詩品・序》上的兩段話，有人可能會產生誤解，以為能夠感動人心的只有大自然的景物和四時的變化。其實不然，《詩品・序》接著就又說：「嘉會寄詩以親，離群託詩以怨。至於楚臣去境，漢妾辭宮，或骨橫朔野，或魂逐飛蓬；或負戈外戍，殺氣雄邊；塞客衣單，孀閨淚盡；或士有解佩出朝，一去忘返；女有揚蛾入寵，再盼傾國；凡斯種種，感蕩心靈，非陳詩何以展其義？非長歌何以騁其情？」可見，能夠使人感動的不只是大自然的景物，還有人世間的一切現象。如果你對草木鳥獸都關心，難道你對與你同類的人會不關心嗎？《詩品・序》說「嘉會寄詩以親」；人們常說，人生得一知己死而無憾。古人有很多詩是朋友之間的酬贈。當李白與杜甫兩個人相遇的時候，杜甫說：「乞歸優詔許，遇我夙心親。」（杜甫〈寄李十二白二十韵〉）後來杜甫又寫了贈李白詩說：「世人皆欲殺，吾意獨憐才。」（杜甫〈不見〉）王維則說：「獨在異鄉為異客，每逢佳節倍思親。」（王維〈九月九日憶山東兄弟〉）由此可見，

友誼、離別，都能感蕩詩人的心靈，寫出好詩。至於人生的種種變故和苦難，當然就更能使人感動了。

以上我們主要講了兩點。一點是，我們內心的感動就是詩歌的開始。另一點是，我們內心感動的來源有兩個，一個是大自然景物的種種現象；一個是人世間悲歡離合的種種現象。下面，我們就要講一講內心與外物之間的感發作用，講一講我們中國詩歌在這方面的特色是什麼。

中國詩歌一個最大的特色就是重視「興」的作用。「興」，意思是在人的內心有一種興起，有一種感動。在一九六七年到一九六八年之間，我參加過一個由美國組織的中國古典詩歌學術會議，這個會議是在百慕達舉行的。當時參加會議的有一位美國加州大學的教授叫陳士驤，他曾經提交一篇論文討論中國詩歌中「興」的作用。因為是在外國開的會，所以所有的論文都要用英文，可是英文裡面竟沒有一個相當於中國詩歌中「興」這種意思的字！陳先生的論文中，

「興」字出現了好幾十次，只好都用拼音。由此可見，中國詩歌與西方詩歌在傳統上一個很大的不同就是，中國詩歌更重視「興」的作用。

我以為，所謂「興」的作用，在中國詩歌傳統上可以分成兩個方面來看：一個是從作者方面而言；一個是從讀者方面而言。從作者方面而言就是「見物起興」。《詩經》上說：「關關雎鳩，在河之洲，窈窕淑女，君子好逑。」（《詩・周南・關雎》）——聽到水邊沙洲上雎鳩鳥「關關」的叫聲，就引發起君子想求得淑女為配偶的情意。還有「桃之夭夭，灼灼其華，之子于歸，宜其室家」（《詩・周南・桃夭》），也是「興」的作用。但剛才我們說過，宇宙間不止草木鳥獸等種種物象能引起我們的感動，人世間種種事象也能引起我們的感動。《詩經》「十月之交，朔日辛卯，日有食之，亦孔之醜」（《詩・小雅・十月之交》）是寫對時代振蕩不安的感慨，這也是引起人感動的一種重要的因素。

「興」的作用，不但作者有之，讀者亦有之。在座諸位不管你自己是不是詩人，是否能寫出像李白、杜甫那樣的好詩，只要你一顆心靈不死，只要你在讀李白、杜甫的詩歌時也能產生與李白、杜甫同樣的感動，那麼你也就有了與李白、杜甫同樣的詩心。所以，從讀者方面而言，「興」的感發作用同樣也是源遠流長的。

在《論語》中孔子就曾經說「詩可以興」，就是說，詩能給人一種興發和感動。現在我們無法要求當代年輕人寫那些格律嚴密的古典詩歌，但是我們要使年輕人在讀古典詩歌的時候也產生那一份興發和感動，這就是我們今天學習古典詩歌的意義和目的所在。

「詩可以興」，這在《論語》裡面有很好的例證。不過，詩在使人感動方面有很多不同的層次。第一個層次是一對一的感動，就是說，聞一知一，不產生更多的聯想。陸放翁和他的妻子分離之後又在沈園相遇，他寫了一首〈釵頭鳳〉說，「紅酥手，黃藤酒，滿城春色宮牆柳」，又說，「山盟雖在，錦書難託」（陸

游〈釵頭鳳〉。很多年後他又寫詩說：「夢斷香消四十年，沈園柳老不吹棉；此身行做稽山土，猶弔遺蹤一泫然！」（陸游〈沈園〉之二）——沈園的柳樹已經老了，柳花不飛了，我陸放翁也老了，不久就要化作稽山的一抔土，但是當我經過當年與我所愛的人曾經分別又偶然相逢的沈園，憑弔當年的遺蹤時，我還是流下淚來。中國的電影和戲劇裡面都有《釵頭鳳》這個劇目。千百年之後，我們仍然為陸放翁的悲劇和他的感情所感動，這就是一對一的感動。

可是在《論語》上孔子說「詩可以興」，他所說的感動則不僅是一對一的感動，而是一生二、二生三、三生無窮的感動，即所謂「詩可以興」的感動。

有一次，孔子的學生子貢問孔子：「貧而無諂，富而無驕，何如？」（《論語．學而》）——假如一個人雖然貧窮，但有氣節，不諂媚；一個人雖然富貴，但不財大氣粗、驕奢淫逸，如果一個人有這種修養，您看怎麼樣？孔子回答說：「未若貧而樂，富而好禮者也。」——這就是更進一步了，貧窮而不諂媚，同

形容一個女子，當她可愛地微笑，當她眼睛轉動，目光流盼的時候，是那樣地美麗。這個子夏懂得，他不懂的是「素以為絢兮」是什麼意思。因為「絢」是色彩絢爛，「素」是潔白，潔白的怎麼會變成色彩絢爛的呢？孔子就回答說：「繪事後素。」這句話本來有很多不同的解釋，我所用的是其中的一種。就是說：繪畫的事先要有一個潔白的質地，然後上面才能畫出色彩鮮明的畫；如果本來的質地非常骯髒，那就怎麼也畫不出美麗的色彩。孔子這句話是針對子夏提出的問題所作的回答。意思是，一個女子應該先有皮膚潔白的質地，然後才更可顯出「巧笑倩兮，美目盼兮」的美麗。於是子夏就說：「禮後乎？」按照老師的解說，潔白的本質是重要的，彩色的裝點是後加的。所以子夏就領悟到：人的本質和內心誠懇的情意是重要的，外表的舉動和語言是後加的。你給一個人鞠躬是由於內心尊敬他才這樣做，要是你表面上給他鞠躬，心裡頭直罵他，那就不對了。因此，孔子也讚美子夏說：「起予者商也（「商」是子夏的名字），

始可與言詩已矣。」——使我得到啟發的是商啊！這樣的學生，我可以和他談詩了。

你們看，子貢是從做人的道理聯想到《詩經》裡的句子；子夏是從《詩經》裡的句子聯想到做人的道理。由此可見，詩的作用不僅是使作者有一顆不死的心，而且也使讀者有一顆不死的心；不僅有一對一的感動，而且有一生二、二生三、三生無窮的「興」的感發。

有一些例子我不知道應該不應該說，因為我不知道我們的政治氣候是怎樣的。幾年前我曾在報紙上看到一些報導。一個是說，張志新烈士臨死前，她的難友們聽到她常常背誦兩句詩：「雲散月明誰點綴，天容海色本澄清。」（蘇軾〈六月二十日夜度海〉）——那是蘇東坡的詩。另一個是說，遇羅克的日記裡也引了兩句詩：「爾曹身與名俱滅，不廢江河萬古流。」（杜甫〈戲為六絕句〉）——那是杜甫的詩。杜甫這兩句詩指的是唐朝詩壇的情況，而遇羅克所指的則

是當時那些野心家們；張志新的境遇和蘇東坡的境遇也並不相同，但這些詩句卻能在千百年後引起這些志士們這樣深的感動，這是我們中國「詩可以興」的寶貴傳統。

我剛才說過，在英文裡找不到一個相當於「興」字的詞。不過，近年來我卻從西方文學理論之中德國的新學派那裡發現了有類似「興」的說法。

近來從德國發展起來的接受美學 (Aesthetic of reception) 就認為，一篇作品完成了，如果沒有一個能夠懂它的人去讀它，儘管它寫得很好，也沒有生命，只能叫作 Artefact——一個藝術上的成品。你完成了一幅畫、一支曲子，或者一首詩歌，那只是一個 Artefact，它是沒有生命的，一定要通過讀者賦予它一種感動的生命，才能成為一個 Aesthetic object——美學的客體。接受美學認為，如果中間是作品，那麼兩邊就有兩個極點：一邊是創作的作者，一邊是接受的讀者。接受美學一個很重要的理論就是「讀者反應論」(Readers response)，就認為讀者

的興發感動是十分重要的。

接受美學指出，讀者可以分成幾個不同的層次。第一個層次是普通的讀者：讀明月就是明月，讀清風就是清風，只從表面上去理解。第二個層次是能夠深入一步的讀者：他們能夠從藝術的表達、文字的組織結構、形象的使用、體類的傳統中，從它的價值、作用等各方面去品評和欣賞作品。第三個層次是「背離作者原意」的讀者：他們對作品的解釋可以不必是作者本來的意思，而是一生二、二生三、三生無窮的引發。只有這第三個層次的讀者，才是最有感發生命的讀者。

南唐中主的詞「菡萏香銷翠葉殘，西風愁起綠波間」（李璟〈山花子〉），從表面上看只是寫荷花零落了，荷葉凋殘了，秋風從水面上吹起來。但是王國維從那裡面看到了什麼？看到一種「眾芳蕪穢，美人遲暮」的悲哀和感慨。晏殊的詞「昨夜西風凋碧樹，獨上高樓，望盡天涯路」（晏殊〈蝶戀花〉），寫的是男

女之間的相思愛情。說是昨天晚上秋風把我樓前樹上的樹葉吹得凋零了，今天我登上高樓遠望天涯，卻看不見我所懷念的人。但是王國維說什麼？他說這是成大事業大學問的第一種境界！王國維自己在《人間詞話》裡又說，我用成大事業大學問的第一種境界、第二種境界、第三種境界來解釋北宋這些人的小詞恐怕未必是他們的原意——「恐晏、歐諸公所不許也」。可是，王國維的這種感發正是中國詩歌中讓人心不死的、寶貴的「興」的作用。

以上，我講了作者方面的「興」和讀者方面的「興」。但你怎樣才能使你的作品中有這種興發感動的力量呢？每個人寫的詩都有這種力量嗎？不見得。有些人的詩歌可以傳達出這種力量，有些人的詩歌就傳達不出這種力量；傳達出來就是成功的，沒有傳達出來就是失敗的。那麼，是否凡傳達出這種興發感動作用的詩就都是同等成功的詩呢？也不是的。因為所傳達出來的這種感發的生命還存在著厚薄、大小、深淺、廣狹的不同。我現在就要通過幾首詩來分析——

怎樣判斷一首詩的好壞？怎樣分辨一個詩人是大詩人還是小詩人？現在我就將要給大家舉例來說明一下：

翻開我們的教材，在參考詩篇中有三首〈玉階怨〉。〈玉階怨〉是樂府詩題，這個樂府詩題主要是寫女子的孤獨、寂寞和哀怨。我們中國古典詩歌中向來就有一類詩專門寫閨怨、宮怨，這是為什麼呢？因為在封建社會裡，女子都是被選擇的、被拋棄的。她們不能夠獨立地完成自己，只能等待男子的賞愛，她們生命的意義和價值完全建立在是否得到一個男子賞愛這個條件上。這實在是很可悲哀的一件事。

我們教材參考詩篇中所選的三首〈玉階怨〉，第一首是虞炎的，第二首是謝朓的，第三首是李白的，寫的全是女子的這種哀怨。然而這三首詩的程度不同。有成功的，有失敗的；有好詩，也有壞詩。我們先看虞炎的這一首：

紫藤拂花樹，
黃鳥度青枝。
思君一嘆息，
苦淚應言垂。

我以為，這首詩是不成功的。我怎麼就敢說虞炎的詩是一首不成功的詩呢？我的老師顧羨季先生說過：「余雖不敏，余雖不才，然余誠矣。」真誠是做人的根本。我向來所說的、所講的，都可能有不正確或不完善的地方。但儘管說錯了，我的態度卻總是真誠的。同時，並不是我一個人說虞炎的這首詩不好，鍾嶸《詩品・序》裡就說過：「學謝朓，劣得『黃鳥度青枝』。」為什麼都說這首詩不好呢？我們現在就要討論一下。

從頭兩句來看，「紫藤」、「花樹」、「黃鳥」、「青枝」都是美麗的形象。我們

知道，詩歌不能只講大道理，要用形象給人以直覺的美感、直接的感動，它是注重形象思維的。然而，有了形象的就都是好詩嗎？完全不見得。虞炎這首詩雖然有「紫藤」、「花樹」、「黃鳥」和「青枝」，但仍然不算好詩，因為這些形象沒有傳達一種感發的生命。剛才我說過，「情動於中而形於言」。詩是言志的，必須把你所感發的情意傳達出來，而要想真正把你所感發的情意傳達出來，就要考慮到幾個方面的因素。形象(Image)當然是重要的，然而它不能孤立地決定一首詩的好壞。詩歌還要看質地(Texture)，這就好比衣服的料子，有麻紡的、棉紡的、混紡的、絲的、毛的，還有橫紋的、斜紋的。詩歌也是由很多纖細的材料構成了它的質地。質地可以包括Metaphor（各種形式的比喻）、Imagery（通常的各種形象）、Rhyme（押韻）等等。此外，詩歌還要看結構(Structure)。結構包括Formal arrangement（形式安排）、Sequence of images and ideas（形象和情意排列組合的次序）等等。

我們的教材上引了這麼一大堆西方的名稱，難道只有西方才注意到這些嗎？不是的，中國也老早就注意到這些了，只是不能夠把它邏輯化，不能像西方理論那麼細膩地加以說明。鍾嶸在《詩品．序》裡說：「故詩有三義焉：一曰興，二曰比，三曰賦。」「興」，是見物起興，如《詩經》裡的〈關雎〉；「比」，是用一個外物來做比喻，如《詩經》裡的〈碩鼠〉；「賦」是直接的敘述，如《詩經》裡的〈將仲子〉。鍾嶸說：「宏斯三義，酌而用之。」——了解這三種寫作詩歌的方式，斟酌它們的用途來運用它們。後面他又說：「若專用比興，患在意深，意深則詞躓；若但用賦體，患在意浮，意浮則文散。」意思是說，如果你只用比興來作詩，由於不直說，詩的意思就太深，太深了就容易不通暢，也就是寫得不明白；如果你都是直說，詩的意思就太淺，太淺了就容易散漫。所以，詩的形象和詩的結構一定要結合起來，剛才我說盧炎那首詩不好，就是因為作者沒有把形象結合好，沒有傳達出那種感發的作用。

現在我們來看：「紫藤」和「花樹」都是美麗的形象，然而「紫藤」是花樹品種之中的一個專指名詞，是紫色的藤蘿；「花樹」則是一個泛指的名詞。「紫藤」與「花樹」之間用了一個「拂」字，它不能起到集中的作用，因此這兩個形象就不能產生集中的意向，從而無法表達感發和情意的趨向。我可以再舉另外的兩句詩，其中也用了「花」、「樹」、「黃」、「紫」，你們看一看這些形象所起的作用和達到的效果是什麼。這兩句詩是李商隱的，他說：「花鬚柳眼各無賴，紫蝶黃蜂俱有情。」（李商隱〈二月二日〉）春天草木欣欣向榮，從而使詩人聯想到自己的才能和志意落空無成，寫得真是好，那深厚的情意完全融會在詩中了。他說花，用了一個鬍鬚的「鬚」字，因為花蕊像鬚；他說柳，用了一個眼睛的「眼」字，因為柳葉的形狀像眼。「鬚」和「眼」都是人體的一部份，而且柳是綠的，「柳眼」令人聯想到「青眼」，「青眼」在中國傳統中是垂青的意思，也就是對你有好感。什麼是無賴？小孫子、小孫女非要你幹什麼事情不可，

你對他們無理可喻，這就是無賴。李商隱的「花鬚柳眼各無賴」一句所表現的是我現在是這樣落魄，春天的花和柳卻是這麼美好，它們不斷地擾亂著我的內心，使我無可奈何，所以花也無賴，柳也無賴。不但花柳引起我的感動，就是那些紫色的蝴蝶、黃色的蜜蜂也引起我的感動，它們在花柳之間穿繞飛舞，顯得多麼多情！這兩句詩，寫出了詩人一顆敏銳的、善感的心。

但虞炎的「紫藤拂花樹」一句就不引起人的任何感動，而且「拂」字在這裡用得不很恰當。臺灣有一部電影的主題歌裡有兩句：「藤生樹死纏到死，藤死樹生死也纏。」可見，藤給人的印象是纏繞而不是飄拂。「拂」字也有用得極好的，像周清真的詞有一句「拂水飄綿送行色」（周邦彥〈蘭陵王〉），那是寫柳，寫長長的柳條垂拂在水面上。李後主有一首小詩說：「風情漸老見春羞，到處芳魂感舊遊；多謝長條似相識，強垂烟穗拂人頭。」（李煜〈柳枝〉）他說，我的風姿和感情都逐漸地老去了，以我的衰老，已經羞於見到代表年輕生命的青

春。但是，那芬芳美好的春的精魂到處感召著我，使我回憶起過去那些美好的日子。我非常感謝那長長的柳條，它好像認識我，因而多情地盡力垂下它那烟靄迷濛中的柳穗拂過我的頭頂。你們看，「拂」字用好了可以產生多麼妙的感發作用！可是「紫藤拂花樹」的「拂」字用得就不好，同樣，「黃鳥度青枝」的「度」字也用得不好。「度」是眼看著一個東西慢慢地過去。周邦彥的詞「風檣遙度天際」，是說那帆檣慢慢地走遠。但黃鳥怎麼能慢慢地「度」？鳥兒只能「飛」，不能「度」。可見，儘管有美麗的形象，可是你的字用得不恰當，你的組織和結構不好，也同樣是壞詩。

我們再看謝朓的〈玉階怨〉：

夕殿下珠簾，
流螢飛復息。

長夜縫羅衣，
思君此何極。

這首詩就比較好一點兒了。謝朓要寫的是女子孤獨寂寞的怨情，因此，他所有的文字、所有的形象、所有的結構，都指向這一意向的趨向。「夕殿」指黃昏的宮殿——也許有人要問，宮中女子為什麼都有這麼多怨情？要知道，「三千寵愛在一身」，其他那兩千九百九十九個不就都有怨情了嗎？「夕殿」二字已經傳達出女子的怨情，因為到了黃昏她所期待的人還沒有來，那麼你今天滿懷的希望也就斷絕了。「下」，是放下；「珠簾」，是用珍珠穿成的美麗的簾子。珠簾捲起時還有期待、盼望的意思，而天黑了，珠簾放下了，那就說明你所期待的人不會再來了。

「流螢飛復息」是說，在黑暗中有一些流動的螢火蟲，它飛一飛，然後在

花樹上停一停。你怎麼知道螢火蟲飛一飛又停一停？因為它的尾巴上有光在黑暗中閃動。這種敘寫有什麼作用？要知道，光的閃動也是一種動，它可以引起你的心動。日本詩人松尾芭蕉有一首著名的俳句說：「青蛙躍入古池中，撲通一聲。」青蛙跳進水池與你何干？但是那無聲之中的一聲響動，也會引起你的心動。靜中的響動和暗中的光閃都是外物的景象，「物色之動，心亦搖焉」，這就引起女子哀怨的感動。長夜寂寞，而在這漫長的黑夜，這個女子的動作是在縫一件羅衣。「羅」，是這麼纖細，這麼柔軟；「縫」，是這麼細緻，這麼纏綿。唐人孟郊的詩說：「慈母手中線，遊子身上衣。臨行密密縫，意恐遲遲歸。」（孟郊〈遊子吟〉）縫，向來是女子的手工，那一針一線都帶有一種細密綿長的感情。每一次螢火閃動都是她心靈中的懷念之情的閃動，每一次針線的穿縫都是她纏綿的感情的活動，你們看，這首詩它的形象、它的結構、它的文字組織，集中起來傳達了一種感動的作用，寫得多麼動人！

可是我要說了，上面所說的這種感動，它作用的結果是什麼呢？是一對一的感動。它寫一個女子的怨情就是一個女子的怨情——儘管把這種怨情表達得很好也只是一個女子的怨情。而第三首〈玉階怨〉就不然了，那是李太白寫的。李白是一位天才，他的五言小詩寫得非常好。如大家所熟知的「舉頭望明月，低頭思故鄉」（李白〈靜夜思〉），很簡單的兩句詩所傳達的那種思鄉之情，那種寂寞、孤獨、曠遠和悲哀，真是神來之筆。現在我們來看，同樣的主題，同樣是寫女子的怨情，李白是怎樣寫的：

玉階生白露，
夜久侵羅襪。
卻下水晶簾，
玲瓏望秋月。

第一講　概論

我剛才說了評賞一首詩要看這首詩整個的質地(Texture)，包括它的形象、句法、色調等各方面的因素。我所說的那套東西，是前些時候在西方流行的叫作新批評(New criticism)的學說。而現在在接受美學和符號學裡邊有一種更新的術語、更精密的分析，他們叫Microstructure（顯微結構）。說是一首詩是好是壞，是成功是失敗，要看詩歌中各種細微的質素傳達出了多少效果和功能。這正如同我所說的，一首詩傳達給我們的感動如果是一對一的感動，那就是有限的；如果是一生二、二生三、三生無窮的感動，那就是無限的了。接受美學認為，好的作品都蘊藏著很豐富的潛能(Potential effect)，可以慢慢地、一點一點地、像挖掘礦藏一樣把它們挖掘出來。有的作品沒有多少潛能可供挖掘，但有的作品是確實有的。我要舉一個大家都知道的例子，那就是《紅樓夢》。對《紅樓夢》，你可以這樣挖掘，他可以那樣挖掘；你可以看出你所喜愛的道理，他也可以看出他所喜愛的道理。正是由於《紅樓夢》蘊藏著這麼豐富的感發成份，所以才形成了「紅學」這樣一門專門的學問。古典詩歌也是如此的。讀詩，要有一顆不死的心，要有一種敏銳而纖細的感受和分辨的能力。

西方語言學家索緒爾 (Ferdinand de Saussure) 說，形成語言的效果有兩個最基本的因素，一個是選擇，另一個是組織。選擇是指對詞彙的選擇，就是說，為什麼你用這個字而不用那個字，用這個詞語而不用那個詞語。我去年講過，要寫一個美女可以用佳人、美人、紅粉、蛾眉等等很多詞，但是你一定要仔細地體會，在你所傳達的感發之中到底用哪一個更好。李商隱說到月中仙子，有時用「嫦娥」，有時用「姮娥」。「嫦娥應悔偷靈藥，碧海青天夜夜心」（李商隱〈嫦娥〉）；「姮娥擣藥無時已，玉女投壺未肯休」（李商隱〈寄遠〉）——嫦娥和姮娥，差別在哪裡？南唐中主說「菡萏香銷翠葉殘」，如果你把它改成「荷瓣凋零荷葉殘」，差別在哪裡？差別就在：用字不同，傳達出來的效果也不同。

她的心裡有所期待。但是僅僅「玉階生白露」就夠了嗎？不，「玉階生白露」與我何干？是「夜久侵羅襪」——露水不僅打濕了我的羅襪，而且透入了羅襪之內。馮正中的小詞中有兩句：「波搖梅蕊當心白，風入羅衣貼體寒。」（馮延巳〈拋球樂〉）那是你自己心裡真的感受到了貼體的寒冷！我還講過韋莊的「春日遊，杏花吹滿頭」（韋莊〈思帝鄉〉），那萬紫千紅的春色在人的內心所引起的興發感動有多麼強烈！如果只是遠遠地看到花飛，那是什麼感覺，而韋莊所寫的是在花樹下走過的時候，那花樹上的花瓣落得我滿頭都是——這是多麼切體的感受！同樣，當那寒冷的白露侵透羅襪的時候也會使人感到一種貼體切膚之寒。然而，就在這樣的寒冷和寂寞之中，那個女子仍然孤獨地等待著，就如同清代詩人黃仲則的詩所說的：「似此星辰非昨夜，為誰風露立中宵？」（黃景仁〈綺懷〉）詩人之「風露立中宵」自然是由於詩人內心中有一種感情。所以李白所寫的這個女子她不但沒有去睡，而且還垂下了「水晶簾」。簾本來可以是珠簾或者

竹簾、繡簾，而這裡偏偏是「水晶簾」——多麼晶瑩，多麼皎潔，多麼寒冷！

可是還不止於此，她還透過水晶簾「玲瓏望秋月」——水晶簾是玲瓏的，天上的那一輪秋月也是玲瓏的。你知道玲瓏是什麼？是一片玲瓏剔透的玉。古代的玉有各種不同形式的玉，那圓圓的一塊叫玉璧，像一個圈圈的叫玉環，上面有個缺口的叫玉玦。而這裡李白用的是玲瓏二字，傳達出一種玲瓏剔透的感覺，它們同水晶簾一樣，那樣光明、皎潔、晶瑩、寒冷。

虞炎和謝朓的詩都把怨情說出來了。虞炎說「思君一嘆息」——我想念你；謝朓說「思君此何極」——我是多麼想念你！李白說了嗎？李白沒有說。李白說的是「玲瓏望秋月」。按照中國的傳統，望月都是懷人：「海上生明月，天涯共此時。情人怨遙夜，竟夕起相思。」（張九齡〈望月懷遠〉）「明月不諳離恨苦，斜光到曉穿朱戶。」（晏殊〈蝶戀花〉）說的都是由明月引起了思念的感情。李白說「望秋月」，眼睛的望是望；心裡的望也是望；失望，也是望。那麼，「玲

瓏望秋月」寫的是什麼？寫的是女子的期待盼望，所愛的人沒有來，所以有怨情。而仍一直在望是堅貞，是孤獨和寂寞。李白用他的形象，用他的動詞和形容詞的品質和結構，提高了這首詩的境界——當你把你懷念的對象和秋月結合在一起的時候，你那對象就會變得何等皎潔、何等光明！而這也就意味著，你的感情、你的感情的光明和皎潔、你的感情的堅貞，都在那玉階白露、玲瓏秋月之中凝為一體了。這首詩把「思君」的感情提到了一個更高的層次，使那些相思懷念的痛苦提高到了一個極其高遠的境界，使讀者的感情得到了提煉和昇華。

西方的接受美學和符號學裡邊也講到了這一點。它說，一切符號都有幾層不同的意思：你的表達（Expression）包括一個外形（Form），還包括一個本質（Substance）；你的內容（Content）也同樣包括一個外形（Form），包括一個本質（Substance）。就是說，無論從表現來說，還是從內容來說，都可以分成兩層：一

〈長相思〉），說美人像花一樣美麗，這就是明喻。第二個是Metaphor，意思是隱喻，就是不把它明白地說出來。如杜牧之寫一個美麗的女孩子，他說：「娉娉裊裊十三餘，豆蔻梢頭二月初。」（杜牧〈贈別〉）這是隱喻。第三個是Metonymy，叫作轉喻。像西方用皇冠來代表皇位，如陳子昂「黃屋非堯意」（陳子昂〈感遇〉），用「黃屋」代表天子乘坐的車輛，而借指帝王之位，這是轉喻。第四個是Symbol，是象徵。陶淵明就經常用松樹的形象來做象徵。第五個是Personification，是擬人。晏小山說「紅燭自憐無好計，夜寒空替人垂淚」（晏幾道〈蝶戀花〉），這就是擬人。第六個是Synecdoche，叫舉隅。如「過盡千帆皆不是」（溫庭筠〈憶江南〉）用「帆」代表船，就是舉隅。第七個是Allegory，叫寓託。如陳子昂〈感遇〉詩「蘭若生春夏」，就是寓託。第八個是Objective correlative，叫作外應物象。它不是用單獨的形象，而是用一系列或一組形象來傳達情意，李商隱的〈燕臺〉詩所用的就是這種手法。

好，今天我們就簡單介紹到這裡，以後我們要用中西理論對比的方法來分析和欣賞一些詩。下課晚了，耽誤了大家的時間，謝謝大家。

第二講　陶淵明詩淺講

飲酒

棲棲失群鳥，日暮猶獨飛。
徘徊無定止，夜夜聲轉悲。
厲響思清遠，去來何依依。
因值孤生松，斂翮遙來歸。
勁風無榮木，此蔭獨不衰。
託身已得所，千載不相違。

第二講　陶淵明詩淺講

在上一次的概論裡，我談了中國詩歌的特色。現在我要把它歸納起來綜述一下。

上一次我談到，在傳統上詩與詞不同。詩是要言志的；詞就不必言志，尤其是早期的那些歌詞。我還說，詩既然要表現自己的情志，那麼你的內心首先就要真的有一種「搖蕩性情」的感動。所謂「情動於中」，那個「動」字是最重要的。我又說，中國詩歌特別重視一種直接的感發和感動的力量——「興」的作用，這是它與西方詩歌一個主要的不同點。在上一次講課快要結束的時候，我曾經請大家看教材參考資料裡的一些西方詩論的名詞，就是那些「明喻」、「隱喻」、「轉喻」、「象徵」之類，它們都是借用一個形象來表達一種情意，而所有這些表達方式在中國傳統上基本都是有的。為了證明這一點，我也舉了一些相應的中國古典詩歌的例子。可是你要注意，在西方理論中所有這些形象與情意之間的關係在中國傳統中都屬於「比」的作用。「比」和「興」有什麼不同呢？

「興」是外物直接使我們興發感動，是見物起興，由物及心；「比」是內心先有一種情意，然後借用外物來做比方，是由心及物。西方詩歌中並不是沒有由物及心的作品，但是在作詩的技巧和手法上，西方更重視「比」的思索和安排。無論是「明喻」、「隱喻」，還是「象徵」、「擬人」，都是有意為之；而中國的「興」，則重視直接的感發。所以我說，「興」，是中國古典詩歌的第一個特質。

上一次我還講到，所謂「興」，不但重視作者由外物所引起的感動，同時也重視讀者在讀詩的時候由詩篇所引起的感動。我曾引了西方接受美學依塞爾(Walfgong Iser)的說法，說作品的兩邊有兩個極點，一邊是作者，一邊是讀者，讀者的興發感動也是非常重要的。後來我又提到了一點，我說一首詩若是果然傳達出一種使人興發感動的力量，它就是成功的詩；如果不能夠傳達出這種力量，它就是失敗的詩。因此，詩人的條件第一是能感之，第二是能寫之。當時我們舉了三首〈玉階怨〉來做比較，這三首詩雖然主題相同，但是在所達到的

層次上有很大的不同。以上是我在概論中所提出的幾個批評和欣賞中國古典詩歌的重點。今天，我們就要通過這些重點來探討中國詩歌史上幾位重要的詩人，我所選擇的是陶淵明、杜甫和李商隱。

上次講課的時候，有位年輕的朋友向我提出，我所選擇的這些詩是否缺乏雄壯的一面？我要說，我並不是想藉這個機會來說教，說教不是詩歌的目的，詩歌的目的是使大家的內心真正得到感動。所以，我不是以道德和倫理的標準來選詩的，我的標準第一先要是好詩。我這樣說可能很多人會不同意，因為他們還沒有完全理解我的意思。我不是認為道德和倫理這個標準不重要，也不是想抹殺道德和倫理的意義。我說過，同樣是成功的詩篇，哪一個的層次更高，那就在於它所傳達的那種感發生命的大小、厚薄、深淺和廣狹。我們不要拿死板的教條來對詩歌做出種種拘限，然而真正的好詩卻必然有一種深厚博大的感發的生命。現在我們所選擇的這三位詩人是合乎這個標準的；但是在形象與情

意的結合以及詩的組織結構方面，這三個人又代表了三種不同性質的「感之」和「寫之」的方式。我們首先要講的是陶淵明。

陶淵明這個作者，他的作品裡邊有非常深微、幽隱的含意，曾使得千百年後的多少詩人都為他而感動。現在大家都認為陶淵明是田園詩人、隱逸詩人，可是你知道嗎？南宋的英雄豪傑、愛國詞人辛棄疾在他的很多詞裡都寫到陶淵明。在一首〈水龍吟〉裡他說：「老來曾識淵明，夢中一見參差是。」——我現在年歲老大了，才真正體會和了解了陶淵明，我像是在夢中真的看見了他。上一次我提到鍾嶸《詩品・序》「嘉會寄詩以親」的時候曾經說，遇到真正能夠傾心的友人，這也是人世間使人感動的一件事。我舉了杜甫送給李白的詩做例子。杜甫說：「乞歸優詔許，遇我夙心親。」（杜甫〈寄李十二白二十韻〉）——我跟他一見面就這樣親近，好像這感情早已在我的內心存在。這就如同《紅樓夢》裡賈寶玉初見林黛玉時所說的那句話：「這個妹妹我曾見過的。」他覺得，

自己內心深處與生命結合已久的東西和對方有了一種暗合。杜甫對李白那斗酒百篇的風格極為傾倒，為李白寫了不少詩。他說，「白也詩無敵，飄然思不群。清新庾開府，俊逸鮑參軍」（杜甫〈春日憶李白〉）；又說，「世人皆欲殺，吾意獨憐才。敏捷詩千首，飄零酒一杯」（杜甫〈不見〉），熱烈地讚美李白的才氣，深深地同情李白的遭遇。杜甫和李白是同時代的人，所以有機會相見；而陶淵明和辛棄疾一個生在東晉，一個生在南宋，見面是不可能的。可是辛棄疾說了：「我雖然不能和他當面相逢，但在夢中見到了他。」你們看，這是多麼深切的感情！在前面所舉的辛棄疾的這一首詞中，他又曾說過：「須信此翁未死，到如今凜然生氣。」他說，當我讀陶詩的時候，我相信這位老先生從來就不曾死去，因為他的詩到現在還能夠給我如此鮮明和強烈的感動，使我感覺到他那凜然的、強大的生命力量。

我過去常常引杜甫讚美宋玉的一句詩「搖落深知宋玉悲」（杜甫〈詠懷古跡

五首〉之二）。悲秋是中國詩的傳統，那些沒有機會實現自己的理想抱負的才志之士，他們看到秋天草木零落，就引起了對自己生命落空的悲哀。因此杜甫在千載之後能夠深深地懂得宋玉的悲哀，並且「悵望千秋一灑淚」，感嘆自己與宋玉「蕭條異代不同時」。足可見到中國古典詩歌中強大的感發生命的力量，陶淵明的詩也有這種力量，我們現在就將通過幾首小詩來看一看他是怎樣傳達這種力量的。

我曾經講到詩人的條件，第一是能感之，第二是能寫之。如果你心裡雖然很感動，但不能寫出詩來；或者雖然寫出詩來，卻不能傳達你的感動，那你就失敗了。有一位朋友和我談到，他非常喜歡詩，也有寫詩的感動，卻沒有寫詩的訓練。這的確是一件可遺憾的事情。我在加拿大教書，我的班上有一些從香港來到加拿大的中國血統的學生。有的很有天才，對於詩歌藝術的理解能力很強。我對他們說：「你們有這麼好的感受能力，應該寫點東西。」他們說：「老

真正是只完成了自我。當然，他的詩歌能感動千百年後的讀者，那也是一種完成，但畢竟是可悲哀的。因為陶淵明並不是一個不想向外去實現自己政治理想的人，可是在這一方面他是失敗了。這是很可悲哀的。而如果就「自我實現」而言，我們應該看到，陶淵明是付出多少飢寒勞苦的代價，用身體力行的實踐完成了他自己，這種堅毅的品格和持守當然是我們的一種寶貴傳統，我們不該抹殺。然而，以陶淵明這樣偉大的人格，卻只能完成個人的自我實現；在政治理想方面他只能走消極的道路，不能積極地自我完成，這又是為了什麼？在我們的傳統之中，哪些是應該繼承的精華，哪些是應該丟棄的糟粕，難道我們不應該進行一番反省和探討嗎？我覺得，在我們的傳統裡最可怕的東西就是幾千年封建制度所形成的官僚腐敗系統——我以為是如此的。也許我說得不對，觀察得並不正確，但是上次我說過：「余雖不敏，余雖不才，然余誠矣。」我是非常誠懇地講這番話的。而且我還認為，我們不要總是埋怨別人、埋怨社會，

因為我們每個人都是形成社會的一分子。《華嚴經》上說，人與人之間的關係、人與世界的因緣關係「譬如眾鏡相照」——每一個人都是一面鏡子，你的鏡子裡邊映出了別人的影子，別人的鏡子裡邊也映出了你的影子。我們從這裡得到一個什麼結論呢？就是你不要輕視自己，你說一句話或者做一件事情，你的態度誠懇不誠懇，對整個社會的狀況並非無足輕重而是起著微妙的作用。現在我們就來看一看陶淵明在那官僚腐敗的社會之中經過怎樣的痛苦掙扎，如何完成了他自己的。我們先看教材上的第一首詩〈飲酒二十首〉之四：

栖栖失群鳥，
日暮猶獨飛。
徘徊無定止，
夜夜聲轉悲。

厲響思清遠，
去來何依依。
因值孤生松，
斂翮遙來歸。
勁風無榮木，
此蔭獨不衰。
託身已得所，
千載不相違。

我說過我的重點並不放在倫理道德的內容上，但是這也不妨礙陶淵明的詩自然地反映出這些問題和現象。現在我所要探討的是藝術，是他所以能傳達出來的這一份興發感動的生命的因素是什麼。我覺得，我們中國的好處就是這種

亂疊，燈如紅豆最相思」一聯——他只是說「好，真的是好！」可是為什麼好，他就不講了。這並不是他沒有體會，他的確有很深刻的體會，受到了很深的感動，可是我們中國的古典詩歌理論就是缺少一種思辨的能力。我為什麼講詩時要作很詳細的分析呢？這就與我在國外的經歷有關了。我不是說過，由於生活所迫，逼得我不得不用英文去給人家講中國詩嗎？講了以後，那些外國學生很有意思，他們總是問我「為什麼」——為什麼是這樣子的呢？你為什麼不那樣說呢？我說李商隱的〈無題〉詩「八歲偷照鏡，長眉已能畫」是一首象喻的詩；所謂「十五泣春風，背面秋千下」，是李商隱表現他自己那美好的才德沒有得到人家的欣賞。學生們就問了：「你怎麼知道它是象喻？也許他就是寫了一個現實中真正的女孩子呀！」於是我就得給他們作詳細說明。有的學生翻譯「春雨足，染就一溪新綠」（韋莊〈謁金門〉）一句詞，他們說「春雨足」那是春雨的腳。我說不對，「足」是雨下夠了，下得很透。他們說，為什麼是下夠了下得很

們開闢了聯想的天地。鳥是需要同伴的，人也不願意離群索居。我提到過的西方人本哲學家馬斯洛有幾本著作可以看一看，第一本是《動機與人格》(*Motivation and Personality*)，第二本是《存在心理學探索》(*Toward a Psychology of Being*)，第三本是《人性發展能夠達到的境界》(*Farther Reaches of Human Nature*)。馬斯洛認為，一個人的動機一定會影響他的人格；他還認為，人性的發展能夠達到最高的境界，關鍵在於你有沒有把你那自我的最寶貴的東西發展和完成。馬斯洛提到「約拿情結」(Jonah complex)，這是《聖經》上的一個故事。約拿是《舊約聖經》裡的一個人，神給了他一項重要的使命要他去完成，但是他考慮到個人的利害，惟恐完成不了這個使命，又惟恐神中途改變了主意。因為神對他說的是，這個城市裡的人都犯了罪，我要在多少天以後把這個城毀滅。讓他去傳達這個旨意。約拿不肯聽神的命令，他說我知道你是一個有憐憫心的神，如果我去傳達了你的旨意，那裡的人都改善了，你就不會再毀滅那個城，

那麼大家就都要指責我約拿，說我說了不真實的話。為了考慮個人的這一點點因素而拒絕了神的命令，這個Complex，這種情結，感情裡的這個阻礙，就叫「約拿情結」。就是說，為了個人得失利害之類的次要問題而丟掉了你本來能夠完成的一個更重要、更美好的使命，這就是約拿情結。馬斯洛又說，人類最低等的需要是生存的需要，這是人和動物所共有的：老虎要吃其他的動物，人則需要有衣食的溫飽。就像陶淵明所說的「人生歸有道，衣食固其端」（陶淵明〈庚戌歲九月中於西田獲早稻〉）——我們最終極的目標是一個「道」字，一個最高的理想境界；可是你餓死了還有理想嗎？所以，生存的需要——衣食是人類最基本的需要。滿足了生存的需要之後就希望有一個安定的環境，這就是安全的需要；然後，還需要有朋友，有歸屬的社會，這又是歸屬的需要。我剛才提到我在加拿大的那些學生，在香港上的小學，在加拿大上的中學，英文所達到的程度不能表達自己，中文程度也無法表達自己，他們把自己叫作「竹生」。「竹生」

的同伴和它的歸屬。陶淵明的詩裡最喜歡用的幾個形象是飛鳥、松樹和菊花。我們上次不是講過西方文學批評中形象使用的模式嗎？不是有一個「象徵」(Symbol)嗎？飛鳥、松樹和菊花在陶詩裡就已經形成了一種象徵。陶詩裡經常寫到鳥，例如有一首〈歸鳥〉說：「翼翼歸鳥，晨去於林。遠之八表，近憩雲岑。」「翼翼」是鳥的翅膀在動的樣子。他寫了一隻正在向鳥巢飛回來的鳥，這隻鳥不是沒有飛出去過，早晨它曾經離開自己所居住的那一片山林，飛得很遠很遠，「遠之八表」。現在為什麼飛回來了？那是因為「和風弗洽，翻翮求心」——外面本來風和日麗，但忽然之間就天昏地暗，雨驟風狂了，就像〈停雲〉詩所說的：「八表同昏，平路伊阻。」什麼是「八表」？「八表」就是東、南、西、北，再加上東北、西北、東南、西南。現在這八方已經都在黑暗之中了。我所要走的路本來是平坦的大路，現在也發生了阻隔。——講到這裡我就要說，如果是一個積極的詩人，他就要和暴風雨做鬥爭，要衝出去；可陶淵明不是，

他是一個實現自己的能力強而改造社會的勇氣少的一位詩人，所以「和風弗洽」就只能「翻翮求心」了。「翻翮」，是翻轉了翅膀。他說，我不再追求那八表之外的東西了，既然沒有辦法使整個社會達到那最高的境界，我只能翻回過頭來實現我自己了。

我以為世界上有幾種不同的人。如果說大地上都是蠕蠕而動的蛆蟲的話，有一些人為了生存就不得不把自己也變成蛆蟲；而另一些人則能夠飛起來，保持住自己的清白。不過這後一類人也有幾種不同的態度。一種是自命清高，瞧不起別人的低下；另一種是，我既然能飛上去，那麼我也要帶領大家都飛上去。陶淵明是飛起來的人，他沒有自命不凡，而是躬耕田野過著飢寒交迫的生活，與田夫野老有著親切的交往。他每天「晨興理荒穢，帶月荷鋤歸」（陶淵明〈歸園田居〉）；他和那些耕田的農夫「相見無雜言，但道桑麻長」；辛棄疾讚美他「隻雞斗酒聚比鄰」（辛棄疾〈鷓鴣天〉）；他喜歡那「弱子戲我側，學語未成

音」（陶淵明〈和郭主簿〉）。他熱愛那些普通人，這是他的好處；可是他的缺點則在於，他沒有能夠帶領大家一起飛。這並不是說他就沒有帶領大家一起飛起來的願望，而是因為在當時那種社會環境之下，他沒有那個能力，所以他只能退回來完成他自己了。

陶淵明常喜歡用鳥的形象，在〈歸園田居〉裡陶淵明還說過，「羈鳥戀舊林，池魚思故淵」——被關在籠子裡的鳥總是懷念它舊日的森林；被人捉去養在池水中的魚總是懷念它過去的山淵。他說他自己「質性自然，非矯勵所得，飢凍雖切，違己交病」（陶淵明〈歸去來兮辭序〉）——真誠和自然是我的天性，如果讓我違背自己的天性去做那苟且逢迎的事情，我會覺得比忍受飢餓寒冷更為痛苦。這就是馬斯洛所說的從生存的需要到安全的需要、歸屬的需要、再到自尊的需要，直到自我實現的需要。最高的一層是自我實現的需要。陶淵明盡力要達到這種最高境界的結果，就使他自己不得不失群了。如果大家所走的道路

是不正確的，難道我也必須跟著走嗎？——陶淵明曾經在〈飲酒〉詩中，說過「紆轡誠可學，違己詎非迷！」「轡」是馬的繮轡；「紆」是使它彎曲。你們都走斜路，我也不是不會把馬頭掉轉過來也去走那條路，但那樣就違背了我自己，就會造成我一生的迷失和困惑。這就像《聖經》上保羅的書信中說的：「你賺得了全世界，卻賠上了你自己！」——你就不能達到那最美好的自我實現的境界了。我是喜歡跑野馬的，昨天我們幾個老同學在一起談話，他們說最近中國氣功很流行，氣功可以挖掘人體內部的潛能。儘管我現在所說的不一定是氣功所指的那種潛能，但人類一定是有尚未完全發展的潛能的。就是說，在你的內心，在你的品性和感情之中一定隱藏著某種最美好的東西，你把它挖掘出來，使它能夠實現，那就是一種自我的完成。陶淵明為了完成自己，不但付出了飢餓寒冷的代價，而且付出了寂寞孤獨的代價。由此可見，「棲棲失群鳥」的這個鳥，果然是一個象徵的形象；陶淵明的這首詩也果然是一首象徵的詩。

我說過曾經有同學問我，李商隱的〈無題〉詩「八歲偷照鏡」，你怎麼就知道他不是真的寫一個女孩子而是在象喻他自己呢？在這裡你也可以問，陶淵明這首詩，你怎麼就知道他不是真的寫一隻鳥而是有你所說的那麼多象徵的意思呢？我說，這是可以證明的，「棲棲失群鳥」的「棲棲」兩個字就可以證明。去年我在這個禮堂裡講詞的時候講到西方語言學和符號學裡所提到的語碼（Code）的作用。就是說，某種語言的某個詞彙在它的文學傳統中常常被使用，於是就成為了一個語言的符碼，當它出現的時候，就能引起你一片聯想。例如你聽到「蛾眉」，就聯想到屈原〈離騷〉中「眾女嫉余之蛾眉」等等。「棲棲」也能給我們一種聯想。《論語》裡面曾記載有人批評孔子說：「丘何為是棲棲者與？」（《論語・憲問》）——孔丘你這個傢伙，人家都舒舒服服地吃飽了睡覺，你幹嘛要在列國之間東奔西跑，總想找到一個地方實現你的理想呢？你看，「棲棲」這兩個字有這麼豐富的意思，它曾經和我們中國的「聖人」孔子結合在一起，

地飛著。我們上一次講三首〈玉階怨〉的時候曾經講過，一首好的詩歌，它的所有形象總是要集中指向同一感發作用的焦點。謝朓的「夕殿下珠簾」這五個字並沒有寫怨情卻已經傳達出了怨情，那是因為黃昏已經是休息的時候，等的人卻還沒有來。陶淵明這首也是一樣，黃昏已經是人歸家、鳥還巢的時候了，可這隻栖栖的不安的鳥還在飛，這就已經傳達出一種孤獨寂寞的悲哀也表現了一種獨自飛翔的勇氣。一首好詩，它的每一個字都起一定的作用。「猶」是仍然、依舊的意思，說它依舊在獨飛，就可見這隻鳥獨飛的時間有多麼長了。有的人可以獨飛兩分鐘，要他飛三分鐘就堅持不下來了，可這隻鳥是「日暮猶獨飛」，不肯隨別的鳥去找一個有東西吃的地方落下來。那麼，這隻鳥的目的難道就是獨飛嗎？它難道不願意落下來找一個安定的所在？不是的。它「徘徊無定止，夜夜聲轉悲」——它已經飛來飛去很久，而且度過了不止一個獨飛的長夜。「夜夜聲轉悲」這裡這個「轉」字就和以前我講的那個「生白露」的「生」字一樣

「因值孤生松，斂翮遙來歸」。我們剛才說，「鳥」在陶詩裡是一個象徵的形象；現在我們又可以看到，「松樹」在陶詩裡也是一個象徵的形象。陶淵明的很多詩裡都提到了松樹，但是由於時間不多，我不能再跑野馬引太多的詩句了。中國古人說：「歲寒，然後知松柏之後凋也。」（《論語・子罕》）——當眾草荒蕪、眾芳蕪穢之後，松樹的葉子依然是長青的。還不止如此。這隻鳥找到的這棵松樹還是一棵「孤生松」——是因為有人了解你，支持你，讚美你，你才這樣做的嗎？不是。陶淵明是堅強的，就是只剩下一個人，他也要保住自己的持守，所以他才用孤生的松樹來做象徵。「斂翮遙來歸」這句寫得極好，不但它代表的情意很深刻，它的形象也非常新鮮活潑。什麼叫「斂翮」？「翮」是長著硬羽毛的翅膀；「斂」就是收。你看見過空中的老鷹落下時的樣子嗎？它在高高的天空上慢慢收攏翅膀，遠遠地就朝著它的目標落下來。這隻鳥一定也是這樣。

也許有人要問，陶淵明找到的那棵「孤生松」到底是什麼？是他的田園嗎？是

後的次第：一隻失群鳥；它的獨飛；它的徘徊；它來去依依；它終於遇到一棵松樹；它落到松樹上決定不走了。這在結構上是一種非常平順的、直接的敘述。

下面我們看教材上第二首詩〈詠貧士七首〉之一：

萬族各有託，
孤雲獨無依。
曖曖空中滅，
何時見餘暉。
朝霞開宿霧，
眾鳥相與飛。
遲遲出林翮，
未夕復來歸。

量力守故轍，
豈不寒與飢？
知音苟不存，
已矣何所悲。

在開始講之前，我們也看看他寫出來的幾個形象：一個形象是孤雲；一個形象是「遲遲出林翮」的鳥；第三個形象他沒有直接說出來——是人，是他自己。我們可以看出來，這第二首詩的進行是三個不同形象的跳接，中間並沒有把形象之間過渡的經過明白地說出來，就一下子跳到另外一個形象上去了。我平時很不喜歡講什麼作詩的方法。我覺得按照作詩、作文的方法所寫出來的東西，大概最好也只能成為第二等的作品。真正的好作品是什麼？是像蘇東坡所說的：「大略如行雲流水，初無定質，但常行於所當行，常止於所不可不止。」

意思——剛才我說，陶淵明為什麼用了「栖栖」兩個字？因為他通過這兩個字能夠給我們以「丘何為是栖栖者與」的聯想，這就是在用詞上的一種選擇作用。那麼安排次序的作用呢？我過去也曾舉過例證，那就是杜甫〈秋興八首〉最後一首中的「香稻啄餘鸚鵡粒，碧梧棲老鳳凰枝」二句。香稻沒有嘴怎麼啄？碧梧沒有腳怎麼棲？當然是鸚鵡啄、鳳凰棲了，可杜甫為什麼要倒過去說？難道他是個玩花樣的詩人嗎？你要知道，無論做人、做事，還是作詩、作文，如果想要玩弄花樣的話，那麼不管他玩弄得多麼巧妙，永遠是第二等的。在這裡，杜甫決不是想玩弄花樣，決不是為了顯示自己與眾不同。他不是那種詩人，杜甫是個非常誠懇、深厚的詩人。但是他為什麼要把那兩句話倒過去說？因為如果說「鸚鵡啄餘香稻粒」「鳳凰棲老碧梧枝」那樣就句法平順，變成了寫實的句子，就是說，眼前就真的有鸚鵡吃剩下的香稻粒，真的有鳳凰棲落而且終老在碧梧枝上了。但杜甫要寫的不是那個意思。孔子就曾說「鳳鳥不至，河不出圖，

吾已矣夫」（《論語・子罕》）——鳳凰老早就不出現了。杜甫要寫的是開元天寶的盛世人民生活的富足和安樂，那時候稻米多得不但人吃不了，連鸚鵡都吃不了，而在當日通往渼陂的路上碧梧之多之美，真能把鳳凰都引了去。這些，我要留到明天講杜甫的時候再詳細講。現在我要說明的是，詞語的選擇和次第的排列是很重要的一件事情。陶淵明有時用很平順的句法，有時又用不平順的、跳動的句法，那是因為他是個任真、自得的人。他完全憑任自己內心感發情意的流動，完全沒有存心考慮別人對他評論的好壞。他說：「知音苟不存，已矣何所悲。」——你們說我好或者說我壞有什麼關係！只要我確實盡了最大的努力去趨求完美，我不管你們是不是理解我。白居易寫詩一定要念給老太婆聽一聽，追求平易、通俗，「老嫗都解」；杜甫則「語不驚人死不休」（杜甫〈江上值水如海勢聊短述〉）；而陶淵明則既不避免平順的、無變化的句法，也能寫出隨著意念的流動而跳接的句子。在中國所有的詩人裡面，真正能夠不雕琢、不

誠所表現的是什麼？如果你真的是這樣純淨潔白，那麼你所表現出來的果然也就是純淨潔白；如果你本身是污穢雜亂，那麼你所坦露出來的自然也是污穢雜亂。當然，不管是潔白還是污穢，能夠以這樣真誠的態度相見就已經很好了，然而更可貴的是什麼？是陶淵明不但以真淳與世人相見，而且他的真淳是深厚的而不是浮淺的，是複雜的而不是單調的。他的詩表面看起來很簡單，可是卻包含了很多很多曲折深遠的感發的情意。我的《論詩叢稿》裡邊收了一篇我以前所寫的文稿，標題就是〈從「豪華落盡見真淳」論陶淵明之「任真」與「固窮」〉。在那篇文章裡我作了一個比喻，我說陶淵明雖然是以真淳的本色與世人相見，然而他的本色卻原來並非一色，而是如同日光七彩融為一白。也就是說，他像日光一樣把紅、黃、橙、綠、青、藍、紫七種彩色光線融會成純淨澄澈的一片純白！所以蘇東坡說陶淵明的詩是「癯而實腴」——外表看起來很枯乾、很平凡，實際上非常豐美。

好，現在我們就要看他的第二首詩了。他說：「萬族各有託，孤雲獨無依。暖暖空中滅，何時見餘暉。」我以為，在中國的詩歌裡寫到人類生命的孤獨、寂寞、短暫、無常，沒有比這四句更深刻、更沈痛的了！我去年在這個禮堂講過李後主的一首詞：「林花謝了春紅，太匆匆。無奈朝來寒雨晚來風。」（李煜〈相見歡〉）這幾句寫人生的短暫無常寫得很感人。可是朱自清先生說了：「桃花謝了，還有再開的時候；燕子去了，還有再來的時候。」李煜所寫的花雖然謝了，明年還可以再開，可是只有陶淵明寫的這種無常和孤獨才是真正可怕的無常和孤獨！宇宙間草木鳥獸各種品類都有它的託身之所——樹木長在土地上；魚游在水裡；鳥兒做巢在樹枝上。而最孤獨的，只有天上孤飛的那一朵雲。它上不在天，下不在地，根不在土，身不在水，那真是徹底的、沒有依傍的孤獨！陶淵明為什麼常常寫到孤獨？那是因為，陶淵明所選擇的這條路，是別人都沒有選擇過的；陶淵明所保持的品格操守，是別人不能理解的。他在給他的

兒子寫的一篇文章裡說自己是「性剛才拙，與物多忤」（陶淵明〈與子儼等疏〉）——性情太剛強，不知道苟且求全；在官場中生存的能力太差，與官場社會有很多不能相合的地方。在〈歸去來兮辭〉的序裡他也曾說，「飢凍雖切，違己交病」——飢餓和寒冷是切身的痛苦，可是如果違背自己的本性去做那種貪贓枉法、墮落敗壞的事情，我覺得比飢餓寒冷更痛苦。

馬斯洛的自我實現的哲學認為，人的需要有幾個不同的層次，首先是生存需要，然後是安全需要、歸屬需要、自尊需要，一直到最高的層次——自我實現的需要。馬斯洛曾經寫過幾本書，其中有一本叫作《動機與人格》(*Motivation and Personality*)。這本書上說，你所追求的事情一定會影響你的人格，而達到了最高層次的人，也就是以自我實現、自我完美為追求的動機和目標的人，他自然就會超越那些低層次的需要；他自然會覺得，吃得壞一點兒或者穿得壞一點兒並不重要，只有真正精神上的自我實現才是最重要的事情。陶淵明在給他的

兒子們寫的那篇文章裡還說，是我「使汝等幼而飢寒」，「每役柴水之勞」——作為一個父親，我使孩子們從小就在飢寒交迫的痛苦之中生長，不得不幫我砍柴、擔水，我覺得對不起你們。可是，我為什麼做了這樣的選擇？誰能了解我？他說「但恨鄰靡二仲，室無萊婦」——我所遺憾的是我的鄰居裡邊沒有像羊仲、求仲那樣的朋友；我的家裡沒有像老萊子夫人那樣的妻子。歷史上說，老萊子的妻子能夠忍耐貧窮困苦，不但甘心情願跟隨丈夫過貧窮的生活，而且還鼓勵他堅持自己的持守。——由此可見，陶淵明在精神上也是十分孤獨寂寞的。

我們剛才說，陶淵明的第一首詩寫的是鳥；第二首詩寫了雲，寫了鳥，寫了人。但是陶淵明除了用大自然景物的形象來寫自己的喻託之外，他也用人世間的形象來做喻託，有時候寫得跟真的一樣。現在我們來看教材上參考詩篇中的一首詩，我認為這是寫得很好的一首作品。〈擬古九首〉之八：

我剛才說陶淵明的詩就像日光七彩融為一白。不過，他是經過心靈上很複雜的矛盾和精神上種種痛苦才最後到達這種真淳之境界的。陶淵明難道從生下來就心甘情願做一個田園的隱逸之人嗎？不是的。中國的讀書人有一個傳統——也就是儒家的傳統——要「修身、齊家、治國、平天下」。讀書人就應當以天下為己任，「士志於道，而恥惡衣惡食者，未足與議也」（《論語・里仁》）。我們中國雖然歷盡了苦難，我們中國人裡雖然也出過不少墮落的敗類——就像老舍先生在《四世同堂》裡所寫的那種漢奸國賊——但是，我們也還有那麼一批堅貞的志士，那麼一批勇敢的、有理想和志意的人。這種人，我們中國一直是有的，現在也有的，只要留神，你可以時時看到。雖然在黑暗之中，也可以發現他們那一點一點的閃光。讀書人關心國家、關心社會，這正是我們中國最優秀最美好的傳統，是我們國家的希望之所在。

因此，陶淵明當年也曾經有過一份用世的志意。可是——我不是教歷史的，

我們也沒有時間多講歷史背景，不過大家只要有一點歷史常識就知道東晉是一個什麼樣子的時代。那時北方完全陷落，五胡亂華；而統治階級內部那些野心的軍閥還在彼此攻伐。陶淵明的故鄉在江州潯陽柴桑，而江州是軍閥攻占的必爭之地，桓玄造反曾經占據了江州，後來又被消滅了，其間那一次次的戰亂使老百姓流離失所。這些，陶淵明難道沒有經歷過嗎？他難道不關心嗎？所以有很多人曾經批評陶淵明，說你看杜甫經過天寶的亂離在詩歌中反映出多少民生疾苦！陶淵明怎麼就沒有反映呢？是不是他對國家對民生並不關懷？我說不是的，那是人的類型不同；是反映方式的不同。杜甫是一個外觀類型的人，所以把時代、社會、民生以及他自己的整個經歷都反映到他的詩歌之中了。但陶淵明不是，陶淵明這個人不是外觀類型而是內省類型的。他的內心是一面鏡子，國家和社會的種種災難和不幸，這面鏡子裡都有，可是他把這些外表的事象都消融了，他所寫的是他內心對所有這些憂患和苦難的一個反照。同時，陶淵明

痛苦的矛盾之中絕望的掙扎；而他最後也終於在這種種痛苦之中實現了自己。他是孤獨寂寞的，那「無依」的「孤雲」形象就是他本身的寫照。

現在我們還是回過頭來講剛才讀過的那首詩——「少時壯且厲，撫劍獨行遊」。「壯」指具有強壯的身體；「厲」指具有勇敢前進的志願。至於「撫劍」，你是否需要考證陶淵明當時有沒有拿著一把劍呢？那是不必的，因為這把劍只是象徵著那種淩厲勇敢的精神。「誰言行遊近？張掖至幽州」——對這兩句，也沒有必要作一篇〈陶淵明遠遊張掖幽州考〉。因為當時北方五胡亂華，陶淵明從來沒有到過張掖和幽州，他所寫的不是身遊而是心遊。張掖和幽州是北方胡人所占之地，因此這兩句也就象喻了他統一中國的願望。「飢食首陽薇，渴飲易水流」——陶淵明真的到首陽山上吃過那裡的薇蕨嗎？沒有。這裡也是指精神上的飲食而不是口腹中的飲食。伯夷和叔齊為了堅持自己的操守隱居在首陽山採薇而食。「飢食首陽薇」，那是多麼有品格，有操守！「渴飲易水流」用了荊軻

你能聽得懂嗎？」接著就彈了一曲。鍾子期說：「巍巍乎，意在高山。」俞伯牙又彈了一曲，鍾子期說：「洋洋乎，志在流水。」於是，俞伯牙就把鍾子期視為知音，因為鍾子期能夠通過琴聲真正體會他內心的情意。可是，俞伯牙認為鍾子期有這樣的稟賦思致，卻沒有讀多少書，太可惜了，就留下很多書讓他讀，並且約好第二年還在這山腳下見面。第二年俞伯牙回來了，鍾子期卻沒有在山腳下出現。俞伯牙相信他的朋友是守信用的，沒有來一定是出了什麼事情，於是就上山去找。在山上，他遇到一個拿著紙錢去上墳的老人，就向老人打聽。老人說：「鍾子期是我的兒子，因為他白天砍柴，晚上讀書，過於辛苦，已經死去了，我現在就是去給他上墳。」俞伯牙聽了很難過，就帶著琴來到鍾子期的墳上，在墳前彈了一曲。而周圍那些鄉下人從來沒有聽過彈琴，他們以為彈琴是音樂，而音樂就一定是快樂，所以就哈哈大笑。可是俞伯牙所彈的其實是他內心中最沈痛的悲哀，因此他聽到那些人在笑，心中就更加痛苦，於是就把

事象來象喻一種內心的理念。

現在雖然到時間了，可是我一定要把我們所要講的這第二首詩結束了才能下課，因為陶淵明詩歌中的生命不應該被我們割斷。現在我們就看他的「萬族各有託，孤雲獨無依」這一首詩。他說那雲不但是孤獨，而且是「曖曖空中滅，何時見餘暉」。「曖曖」，是昏暗的樣子。當那雲在空中隨風消散之後，你什麼時候還能再看到這片雲的光影呢？樹，是生長在土地上的，今年的花落了，明年還會開；而天上這朵孤雲消散之後就從宇宙間永遠消失了。實際上，這也就是陶淵明所體驗到的「日月擲人去，有志不獲騁」，生命的短暫，志意的落空。下邊，他忽然間跳開了——「朝霞開宿霧，眾鳥相與飛」，從雲的形象忽然跳到鳥的形象。當朝霞把昨夜留下的殘霧沖散的時候，所有的鳥都成群結隊地飛走了。但是有一隻鳥卻「遲遲出林翮，未夕復來歸」——很晚才從樹林子裡飛出去；可是還不到傍晚就又回來了。也許有人要說，陶淵明這不是鼓勵懶惰嗎？人家

都是日出而作，日入而息，而這隻鳥日出也不工作，日沒入就回來休息，難道不是一隻懶鳥嗎？——陶淵明所說的並不是這個意思，這又是從表面上來看陶淵明了。所謂「眾鳥」代表什麼？屈原〈卜居〉說，「將與雞鶩爭食乎」；杜甫說，「君看隨陽雁，各有稻粱謀」（杜甫〈同諸公登慈恩寺塔〉）。這些鳥就是那爭食的雞鶩和各有稻粱謀的隨陽雁，它們飛出去的目的是到名利場上去做自私自利的爭逐，而這隻鳥是不跟它們爭逐的，所以它才「遲遲出林翮，未夕復來歸」。下面，陶淵明又跳開了——「量力守故轍，豈不寒與飢」，從鳥又跳到了人。「量力」就是度量自己的力量。馬斯洛講「自我實現」，說你應該知道你自己的長處是什麼，你自己的短處是什麼。我以為，我們所有的人也都應該知道我們國家的長處是什麼，我們國家的短處是什麼。每個人都應盡自己的力量，努力發揮自己的長處，那麼聯合起來也就發揚了我們整個國家的長處。在這裡陶淵明說，我知道自己的力量有多大，所以我不能夠和他們競爭——能退不能

進，這是陶淵明的缺點，也是時代給他的限制——既然已經無法「兼善天下」，他就只能「獨善其身」，走他自己所選擇的路了——「量力守故轍」。那是一條什麼路呢？是一條「豈不寒與飢」的躬耕的道路。當我選擇這條道路的時候，難道我不知道要為此付出飢與寒的代價嗎？我是清清楚楚知道的，然而我還是寧願做這樣的選擇。對於我所選擇的這條路，「鄰靡二仲，室無萊婦」——連鄰居和妻子都不理解我。但是難道我因此就改變了嗎？不，我不改變。「知音苟不存」——假如這個世界上真的找不到一個能理解我的人；那麼就「已矣何所悲」——那就算了，我不需要求得別人的理解，我自己知道我存在的意義！能夠「自我實現」的人就是如此的。他們的意義和價值不建築在別人的毀譽上，也不建築在身外物質的獲得上，因此完全沒有必要為這些事情而悲哀。

以上我們對這首詩的形象與內含做了簡單的分析和解說。至於結構方面，我還要做一點補充的說明。這首詩表面上是跳接，但卻仍有一條隱含的線索貫

串其間。第一個形象是「雲」，所以當他跳到第二個「鳥」的形象時，開端卻用的是「朝霞」二字，這正是對前面的「雲」的形象的一種呼應。至於從鳥過渡到人，則是在意境方面的承接。鳥的「遲遲出林」和「未夕來歸」，在意境方面正是引出下面「量力守故轍」的一個前導。這種轉接和承應是非常微妙的，而陶淵明卻一任神行，全不須安排造作，這正是陶淵明最高的一種成就。

由於時間關係，我不能再多做解說了。很抱歉。我們明天將開始看杜甫詩了。謝謝大家。

第三講　杜甫詩淺講

秋雨嘆

雨中百草秋爛死，階下決明顏色鮮。
著葉滿枝翠羽蓋，開花無數黃金錢。
涼風蕭蕭吹汝急，恐汝後時難獨立。
堂上書生空白頭，臨風三嗅馨香泣。

婷裊娜的、十三歲多的女孩子，就像早春二月豆蔻梢頭開出的美麗花朵一樣，但在字面上他沒有用那個「如」字或「像」字。第三個“Metonymy”是「轉喻」，上次我舉例說西方用皇冠來代表戴皇冠的人，也就是說代表皇帝，這就是轉喻。轉喻在中國也有的，唐朝詩人陳子昂的〈感遇〉詩裡有一句「黃屋非堯意」，用「黃屋」代表天子乘坐的車，從而也就代表了天子。他的意思是，做天子這並非堯的本意。這也是轉喻。第四個“Symbol”是「象徵」，我們要分清它與「隱喻」的不同之處。剛才我們所舉的杜牧之〈贈別〉詩中的那一句是隱喻而不是象徵，因為用豆蔻梢頭二月初的花朵來代表十三歲的女孩子，這並不普遍，沒有形成習慣。所謂象徵是說，大家一看那個形象就明白了它所代表的意思，就像西方的十字架代表基督教一樣。昨天我們講了陶淵明的詩，陶詩裡的形象常常用飛鳥，用松樹，於是飛鳥和松樹就形成了一種象徵的作用，這和隱喻是不同的。第五個“Personification”是「擬人」，就是把一個無生、無知、無情的事物

的形象比作一個有生、有知、有情的人，像杜牧之〈贈別〉詩「蠟燭有心還惜別，替人垂淚到天明」，就是擬人。下面第六個“Synecdoche”是「舉隅」，那位朋友說不大懂得這是什麼意思。「隅」本來是一個角落，《論語・述而》上說：「舉一隅不以三隅反，則不復也。」意思是說，我告訴你這一個是九十度角——我只是解釋「隅」的意思，不是說孔老夫子教給學生什麼是九十度角——你就應該知道其他那三個也是九十度的角。所以「舉隅」就是舉一個角落代表整體。溫庭筠〈憶江南〉詞中有一句「過盡千帆皆不是」，其中「帆」只是船上的一個部分，卻用它來代表整個船，這就是舉隅。第七個“Allegory”是「寓託」，就是在形象之中包含了思想、政治或者道德方面的含義。南宋亡國之後，一些詞人結社寫詞來寄託他們的家國之痛，像王沂孫的〈齊天樂・蟬〉，藉著詠蟬來發抒亡國的悲慨，他所用的方法就是寓託。最後一個“Objective correlative”是「外應物象」，我們下一次講李商隱時就會講到這樣的例子。「外應物象」不是單獨的

表達方式上有什麼不同。從這個角度講，形象與情意的關係是相當重要的。

我們中國古典詩歌很重視形象。用形象來表達或者暗示一種意思，這種作法由來已久。在講概論的時候，我提到了《詩經》裡的賦、比、興。「興」是見物起興。由「關關雎鳩，在河之洲」聯想到「窈窕淑女，君子好逑」（《詩・周南・關雎》），這是「興」。在形象與情意的關係上，「興」是由物及心的。「比」是心中先有意念，然後尋找一個適當的形象來做比喻。比如詩人要諷刺那些剝削者，就把他們比作大老鼠，說：「碩鼠碩鼠，無食我黍，三歲貫女，莫我肯顧。」（《詩・魏風・碩鼠》）這就是「比」，「比」是由心及物的。我上次沒有來得及細說的是「賦」。所謂「賦」，就是直言其事，不用把你的情意假託外物的形象來表達。我舉一個例證就是《詩經》裡的〈將仲子〉：

將仲子兮，

無踰我里，
無折我樹杞。
豈敢愛之，
畏我父母。
仲可懷也，
父母之言，
亦可畏也。

這當然是一首戀愛的詩篇。它是用一個女孩子的口吻寫的，「仲子」，就是她所愛的那個男子。我們常說「伯、仲、叔、季」，「仲」排行在第二，所以有人把這第一句譯成白話文：「啊，我的小二哥呀！」「將」字讀音為ㄑㄧㄤ，是一個開端的發聲詞，「兮」字是一個句尾結束的發音之詞，都是表現一種說話的聲

吻。我們說，詩歌一定要傳達一種興發感動的作用。「比」和「興」都有鮮明真切的形象，通過形象給人以興發感動；而「賦」不假借外物的形象，那麼它的感發作用怎樣傳達出來呢？——主要就在它敘述的口吻，就是它每一句的句法和通篇的結構。中日甲午戰爭的時候清軍有一位陣亡的將軍叫左寶貴，後來有人寫了一篇〈左寶貴死難記〉記載他犧牲的事跡。那篇文章寫到左寶貴臨出發之前已經知道自己可能不會生還，於是就和他的母親、妻子告別。當他和母親告別的時候，母親說：「汝行矣！」因為母親是長輩，文章就寫出了長輩的口氣，說你不要顧念我，你去吧！當他和他的妻子告別的時候，他的妻子說：「君其行矣。」妻子對丈夫就比較客氣，不稱「汝」，而稱「君」，說我雖然不願意你走，可是你不能不走，那麼你還是走吧。用了一個「其」字，口氣就顯得很婉轉多情了。

在這裡，女孩子不對那個男孩子叫「仲子」，而是說「將仲子兮」，這就不

同於老師或父親的口氣，而是傳達出一種纏綿的感情。接著她說，你不要跳我家的里門，你跳牆的時候也不要把我家那棵杞樹的樹枝折斷。你看，「將仲子兮」，口氣是那樣纏綿多情，可是接下來卻是兩個否定，「無踰我里，無折我樹杞」，這不是很傷感情嗎？所以她馬上又收回來了說「豈敢愛之」，說我哪裡是愛那一棵樹呢，我當然是更愛你。可是——又推出去了——我害怕父母的責備啊！仲子你當然是我所懷念的——再拉回來。可是父母的責備我也很害怕呀——又推出去了。現在，這個女孩子的纏綿多情和她內心的矛盾，就在敘寫的口吻和句法結構之間完全表現出來了。所以，一首詩歌是不是成功，有沒有把感發作用傳達出來，不但決定於它的形象，也決定於它的句法結構和敘述口吻。我就是要從這幾方面把陶淵明、杜甫、李商隱三家詩的特色作一個比較。

但是我現在還要再補充說明一點。我們中國詩歌重視比興，重視形象，這是不錯的。但是我們舉的例子都是雎鳩、碩鼠等形象，於是有的人就形成了一

個概念，以為一定得是外在的草木鳥獸等形象才算比興，這是不對的。我們中國很早的一本書《易經》的「繫辭」裡邊曾經說：「是故《易》者，象也。」就是說，在《易經》這本書裡主要是用形象來代表，來象徵和比喻宇宙之中所有的各種事物。比如說，八卦裡的「乾」是父親或國君的象徵，「坤」是母親的象徵，此外還有大兒子的象徵、大女兒的象徵……總之，八卦代表著一個家庭，有父親、母親、三個兒子、三個閨女。從基本上說，卦象就是用符號來象喻情意的。如果你把八卦中兩個基本的卦組合起來，就形成了一個新的卦象。每個卦象有六個爻，每個爻或者是連起來的一長橫，或者是斷開來的兩短橫，前者代表陽，後者代表陰，而這錯綜組合起來的六爻就代表了宇宙間的一切變化。六爻是從最下面的一個開始向上變化的：最底下一個叫「初爻」，最上邊一個叫「上爻」，中間分別是「二爻」、「三爻」、「四爻」、「五爻」。《易經》上說，每一個爻都代表著一種形象。我們現在舉一個「漸」卦「初六」的「鴻漸於干」為

達神的旨意，因此西方人就用他的名字來命名詮釋《聖經》的這一門學問，意思是說，《聖經》的詮釋都是神的旨意。那麼神的旨意都是些什麼呢？你可以去看《舊約》裡記載的那些故事。在那每一個故事和每一個故事中人物的談話裡，除了表層的意思之外都含有更深的一層喻託的意思。所以在詮釋它們的時候既要注重表層的意思，也要注重隱藏起來的那一層比喻和喻託的意思。在我們中國古老的《易經》這本書裡也是如此，每一個爻都是一個簡單的符號，每一個符號都代表著一個形象，而每一個形象除了表面的意思之外還有一個更深一層的隱藏的含義。剛才我們舉過「漸」卦的例子，那鴻鳥是取之於大自然界草木鳥獸的形象；然而《易經》的卦象不都是自然界的草木鳥獸，有時它也用人世間的事象。例如「蒙」卦「初六」的爻辭是「利用刑人，用說桎梏」。「說」字在這裡同「脫」；「桎梏」就是腳鐐和手銬。意思是，有一個受刑的人，他現在可以被解脫腳鐐手銬了。《周易》的注解說，這是「事象」。所以，我們對形

這些弄清楚了，就可以回頭來看杜甫詩歌的例證了。我們的教材裡選了杜甫的兩首詩，我們先看第一首〈秋雨嘆〉。

〈秋雨嘆〉這個題目，杜甫本來一共寫了三首詩，我所選的是其中第一首。其他那兩首等一下如果有時間我會給大家做一個簡單的介紹。現在我先把這一首詩念一遍：

雨中百草秋爛死，
階下決明顏色鮮。
著葉滿枝翠羽蓋，
開花無數黃金錢。
涼風蕭蕭吹汝急，
恐汝後時難獨立。

堂上書生空白頭，
臨風三嗅馨香泣。

從這首詩的第一句你就可以感覺到，杜甫和陶淵明的風格是不同的，他們兩人所選擇的形象也是不同的。陶淵明所選擇的形象「歸鳥」、「飛鳥」、「松樹」、「菊花」，那是多麼秀逸、淡雅；而杜甫這句「雨中百草秋爛死」未免有些血淋淋的了。在中國詩人中敢於寫醜陋的、血淋淋的殘酷現實，杜甫有代表性。我們上次在這個禮堂裡講過唐宋詞。由於詞的起源是歌筵酒席上給歌女們唱的歌詞，所以它的性質是非常女性化的，一般不寫血淋淋的現實。即使在南宋的國都陷落之後，皇帝的墳墓被挖掘。盜墓者把皇帝的屍體倒掛在樹上，為的是弄出屍體肚子裡灌的水銀。如果遇到杜甫那樣寫實的詩人，他一定要把這血淋淋的可怕事實真實地表現出來。可是南宋那些詞人是怎麼寫的？他們寫的是所謂

點短淺的利益，把更偉大、更美好的東西給丟開了。難道你的生命、你的人格、你的價值、你的意義就只在於眼前這一點兒身外的利益嗎？這真是太短淺了！所以我說，自我實現不是和別人去競爭，別人好你不用嫉妒，你只要盡你最大的努力把你最美好的東西實現出來就可以了。可是，每個人天生的性格不同，每個人完成自己的方式也不同。所謂「聖人」，自然是已經達到一個最完美的標準了，然而這個最完美的標準也有所不同。所以孟子說，像伯夷叔齊那樣的人是「聖之清者」（《孟子・萬章》），他們為了保持自身的清白不惜付上一切代價，餓死在首陽山上為了保持自己品格的清白。孟子還說，伊尹是「聖之任者」，就是說，我自己無論沾染上什麼污穢都不在乎，我的目的是要拯救人民。孟子說伊尹曾經「五就湯，五就桀」（《孟子・告子》），意思是，如果成湯肯用我，讓我實現拯救人民的政治理想，我就為成湯工作；如果暴君夏桀肯用我，改變他殘暴的作風，讓我實現我的政治理想，那麼我也肯為夏桀工作。我不計較我的

的條件，所以就產生了偉大的成就。我們中國的詩歌從《詩經》、楚騷，到漢代五言詩的興起，經過齊梁之間五言詩的格律化和七言詩的萌芽，到唐朝的時候，各種體裁都已經發展到相當的程度。從文學發展來說，那是一個可以集大成的時代；而從當時的政治歷史背景來看，國家已經從南北朝的分裂走向大一統，南朝文學風格的柔靡、北朝文學風格的矯健，也都被這大一統集中起來了。因此，無論從文學傳統來說還是從歷史背景來說，唐朝都是一個可以集大成的時代。可是，同樣生在可以集大成的時代，卻不見得每個人都能做出像杜甫那樣集大成的成就，原因就在於，有些詩人沒有杜甫那樣的眼光和度量。我要說，李白就是一個絕世的天才，他超脫了外界的一切約束，如同「大江無風，波浪自湧，白雲從空，隨風變滅」（沈德潛《唐詩別裁》）。可是李白說什麼？他說「自從建安來，綺麗不足珍」（李白〈古風〉之一）——他認為建安以後的詩是沒有什麼價值的。就由於他有這種成見，所以李太白的七言律詩一直不如杜甫寫得

好，因為他沒有在這方面下功夫。杜甫就不是這樣，他說「不薄今人愛古人，清詞麗句必為鄰」（杜甫〈戲為六絕句〉）——不管今人古人，只要有長處我都樂於吸收。這就是一種集大成的容量。此外，每個人的才能各有長短，性格比較沈潛的人適合寫五言古體，才氣比較飛揚的人適合寫七言歌行，而杜甫具有最健全的才性，對各種詩歌體裁都能夠繼承和開拓，使它們運用變化各盡所長。而且我以為，杜甫在心理上也是最健康的。在苦難的現實面前，有的人被壓倒了，有的人逃避了，而杜甫是一個有勇氣正視它的人，在唐朝的詩人之中，對天寶的亂離反映得最真切、最多的，不就是杜甫嗎！

我剛才說，杜甫所用的形象不迴避血淋淋的現實。但是，杜甫和陶淵明相比，他們的區別還不止於此。陶淵明寫「棲棲失群鳥」的時候，他的眼中果然看到有一隻鳥在飛嗎？不見得。陶淵明所寫的形象雖然是宇宙之間實有的形象，卻並非現實的個象，那是他意念中存在的形象。而杜甫所寫的，大多數——我

不能說所有——都是現實之中實有的個象。在這首〈秋雨嘆〉中，杜甫所寫的「雨中百草秋爛死，階下決明顏色鮮」，這就是杜甫眼前確實存在的形象。至於「雨中百草」為什麼「秋爛死」？我們得講一下當時的歷史背景。杜甫這首詩寫在天寶十三載——我們說別的年號可以說多少年，而說到天寶就一定要說多少載。在天寶十三載的夏秋之間，霖雨不止，使快要收割的莊稼都被淹沒，都腐爛了。宰相楊國忠欺騙玄宗皇帝說，霖雨雖然不止，但卻沒有傷稼。並且他還在個別受災不重的地方找了些糧食拿來給玄宗看。這時房琯上書玄宗，說是霖雨確實傷害了莊稼。楊國忠很惱怒，就想要對房琯進行迫害。就是在這樣的背景下，杜甫寫了這三首〈秋雨嘆〉。在前一講，我們曾說陶淵明所寫的是意念中的形象，他寫的根本就不是一隻現實的鳥，而是他自己情思意念的流動。杜甫則兼有兩面，他寫的是現實，卻又超越了現實，一般來說這是屬於「興」的方式但同時也有「比」的作用。我說過，杜甫在心理方面也是最健康的。要知

國古典詩歌，認為它們和今天離得太遠了。可是我以為，作為一個中國人，如果你連外國的語言文學都能學好的話，那麼你也一定能夠學好中國的古典詩歌，因為你畢竟是和我們國家、民族歷史的文化一脈相通的啊！「雨中百草秋爛死」還有一層什麼意思呢？《詩經・小雅・四月》裡說，「秋日淒淒，百卉俱腓」——秋天到了，這麼淒涼、蕭瑟，由於風雨的侵襲，所有的花草都凋殘了，腐爛了。「腓」是衰敗、凋殘的意思。這兩句是大自然景物由物及心的一個起興的感動，下面接著說：「亂離瘼矣，奚其適歸！」「瘼」就是生病，人會生病，國家也會生病；「適」是往；「歸」是歸向。這整個時代都處在苦難的病態之中，我該歸向哪裡去呢？你們看，「雨中百草秋爛死」是結合了中國那麼久遠的《詩經》的傳統，同時，它也結合了唐朝天寶十三載歷史的現實。而且你要注意到，當時已經不僅是霖雨傷稼，不僅是宰相楊國忠欺君罔上，那已經是安祿山變亂的前夕了，國家已經到了何等地步！所以，「雨中百草秋爛死」才說得那樣沈痛。

樣有力，把美好的東西寫得非常飽滿、鮮明。此外，不知大家是否注意到，「開花無數」比較近於我們一般說話的口吻，而「著葉滿枝」則不然。「枝上長滿了葉子」，這是我們習慣的說法；而「長滿了葉子在樹枝上」，這話聽起來就有點兒西洋化，頗像現在摩登詩的句法了。杜甫為什麼要這樣寫？因為他要使它跟下一句「開花無數」形成對偶的句子。這首詩並不是律詩，本來不需要對句，然而只有使用駢偶的句法才能更有力地強調決明的鮮艷和美好。這就是杜甫！他把他的感發與他寫詩的功力、鍛煉字句的功夫結合在一起了。陶淵明就不是這樣，人家是不假鍛煉，是心靈的湧現和自然的運行。宋人評論陶淵明說：「淵明不為詩，寫其胸中之妙爾。」（陳師道《后山詩話》）意思是說，陶淵明不是為作詩而作詩，更不是為跟別人爭強鬥勝而作詩，他所寫的是他內心之中已達到妙境的那種神思意念的自然運行。所以，你學陶淵明那是沒有辦法下手的，如果你沒有陶淵明那種感情、品格和境界，你就學不來陶淵明的詩，永遠也學

不來。而杜甫之所以集大成，之所以沾溉後學，就因為他的功力、他的鍛煉，那都是可學的東西。

也許我們現在應該畫一個圖表。因為西方的現代理論在它說不明白的時候常常喜歡畫圖表。我們的圖表是這樣的：

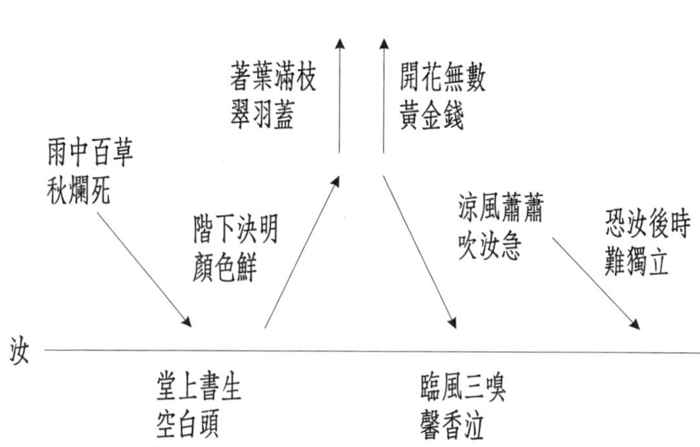

就像我們剛才所說過的，「雨中百草秋爛死」是不好，壓下去；「階下決明顏色鮮」是好，抬起來。怎麼個好法呢？「著葉滿枝翠羽蓋，開花無數黃金錢」兩個對句把決明的美好送上高峰。可是後面又說了，「涼風蕭蕭吹汝急，恐汝後時難獨立」又壓下去了。

儘管你這樣美好，可是你畢竟是立在肅殺的秋風之中。有人珍重你愛護你嗎？有人為你遮蔽風雨嗎？沒有。秋風帶著那種使百草摧毀和凋零的力量直接就加到你的身上。這裡大家要注意，決明是什麼？是沒有感情沒有知覺的植物，而杜甫卻和它爾汝相呼，就像同一個好朋友說話一樣。「吹汝急」的「急」字表現得那麼關切，那麼焦慮，那是因為「恐汝後時難獨立」——我恐怕你雖然有堅貞美好的品德，卻不能長久地抵擋那摧殘一切的勢力，也許再過一段時候你就要站不住腳了。

到現在為止，所有的句子都是寫決明，可是忽然之間杜甫就出現了——「堂上書生空白頭，臨風三嗅馨香泣」。我杜甫雖然在堂廡中沒有在風雨裡，可是我能為時代做些什麼呢？就像陶淵明說過「歲月擲人去，有志不獲騁」一樣，杜甫也有過美好的政治理想。他要「致君堯舜上，再使風俗淳」（杜甫〈奉贈韋左丞丈二十二韵〉）——要使國君成為堯舜那樣的明君，要改變敗壞的風氣，恢復

過去那淳厚、善良的風俗。可是一個沒有權勢和地位的書生懷著這樣的理想除了「空白頭」又能怎麼樣呢？蘇東坡說：「遙想公瑾當年，小喬初嫁了，雄姿英發。羽扇綸巾談笑處，檣櫓灰飛烟滅。故國神遊，多情應笑、我早生華髮……」（蘇軾〈念奴嬌‧赤壁懷古〉）。他感嘆周公瑾那麼年輕就完成了如此功業，而自己直到白了頭髮也沒有完成自己的政治理想。杜甫也是這樣的，所以他「臨風三嗅馨香泣」——你在風雨交加之中還表現得如此美好實在令人感動，一陣風吹過來，我迎著風深深地聞到了你那芬芳的香氣，於是我就流下淚來。「三嗅」出於《論語》，這裡是斷章取義，和《論語》本來的意思沒有關係。清朝的汪中寫過〈釋三九〉，說中國古書中的「三」和「九」不是數學中意義嚴格的「三」和「九」，而是「多次」和「加強」的意思。

我們從圖表上可以看得出來，從「雨中百草秋爛死」到「恐汝後時難獨立」是寫決明，有非常清楚的理性結構的安排；而最後兩句是感性的飛揚，從決明

一下子就跳到杜甫了。怎麼跳過來的呢？我在中間這條線上不是寫了個「汝」字嗎？「涼風蕭蕭吹汝急，恐汝後時難獨立」，用這樣親密的爾汝相呼，把決明看成了最親近的朋友，就是這樣跳了過來。這就是杜甫為什麼可學。他的感發和跳躍都有痕跡可尋，通過分析，我們能夠把它找到。

好，剛才我們已經講完了杜甫的〈秋雨嘆〉，下面就要看他的〈秋興八首〉了。在看〈秋興八首〉之前我還要給大家說明一下。我們剛才是把杜甫和陶淵明作了一個比較，我說陶淵明所用的形象是他意念中的形象，他的詩表現了他心思意念的流動；而杜甫所用的形象是現實之中果然有的形象，他的詩是他個人的辛苦創造，從他的結構、句法等各方面可以看出他的功力。像這種從形象、結構、句法等各方面來評析一首詩的方式，可以說是西方所謂「新批評」一派的評詩方式。可是杜甫詩的成就和價值卻並不僅只是合乎「新批評」的評詩方式而已，因此下面我們就將對西方的一些評詩方式，略加介紹和說明。在五十

年代末、六十年代初，西方流行的文學批評是「新批評」(New criticism)，這一派學說所重視的是作品本身。他們提出兩種說法，一種是「意圖謬誤說」(Intentional fallacy)，一種是「感應謬誤說」(Affective fallacy)。「意圖謬誤說」認為，研究作者在一首詩裡要表達什麼意思是不重要的，你說杜甫作這首詩表達了什麼意圖，這種說法本身就是錯誤。那麼怎樣才對呢？他們說，衡量一首詩歌的好壞，要用「細讀」(Close reading)的方式去分析作品的形象、結構，而文學的價值和意義就在形象和結構所形成的作品本身。他們的說法本來是不錯的，可是我就要問，你用了這種形象，用了這樣的結構，所傳達的是什麼東西呢？一篇作品無論如何也不能夠脫離作者，先不用說作者的思想感情，就光說作者所用的形象、所習慣的結構和句法，每個人就都有自己的特色，要把作者都抹殺掉只講作品本身那是不現實的。

「感應謬誤說」認為批評要非常地理性。像剛才我畫了一個圖表來分析杜

甫那首詩的結構，那就對了；如果我說這首詩給了我們一種感動，他就說這是錯誤。為什麼呢？因為有些低級的廉價的文學也寫一些很悲慘的故事，你說你看電影哭濕了三條手絹，這能證明你看的是一部好電影嗎？不一定，從客觀上從藝術上來說，也許它並不是一個好電影。所以，新批評學派主張批評一定要客觀，一定要從作品的形象、結構、質地、韻律、色調等等這些方面入手，既不能憑作者的主觀意向來批評，也不能憑讀者的種種感動來批評。這就是當年新批評學派的觀點，這一派的觀點並不完全錯誤。

其實，我早期在臺灣所寫的那些論文就曾經用過這種仔細分析的方法。「細讀」(Close reading) 是絕對不錯的。可是我並沒有完全接受新批評學派所提出的「意圖謬誤說」和「感應謬誤說」。因為我們中國詩歌的傳統和西方有絕大的不同，我們是「情動於中而形於言」，是以「興」為主的，而所謂「興」的感動，就正是作者創作時的興發感動和讀者閱讀時的興發感動。——不過我也要提醒

大家注意，我們中國的文學批評最容易犯的一個錯誤是什麼呢？就正是西方新批評學派所反對的那種意圖謬誤。我們常常說某篇作品裡邊寫了忠君愛國，或者是寫了革命進步，因此它就是一篇好作品——這絕對錯誤。一首詩歌是否成功決定於作者是否「能感之」並且「能寫之」。如果作者心靈上沒有真正的自我感發，只是寫了一些合乎古代倫理道德或者合乎現代革命意義的口號和教條，那絕對是壞詩，唱得調門越高人家越反感，那是對詩歌的摧毀！

現在，西方的新批評學派已經過去了，又有許多更新的學派興起來了。我講過的「詮釋學」、「接受美學」等等都屬於這些更新的學派。其中，接受美學的「讀者反應論」就非常注重詩歌對讀者所起的興發感動的作用，這一點和我們的詩歌傳統是一致的。接受美學這一派文學理論是從德國興起的，我認為這件事值得我們認真思考。人家德國發展出這麼一套精密、博大的文學理論。我們雖然從《詩經》和孔子的時代就有「興」的概念，可是我們就沒有發展出這

樣一套理論來，這難道不值得我們反思嗎？我們的祖先用他們敏銳的直感和身體力行，取得了很多寶貴的經驗，現在西方很多人在拚命地研究我們的中醫、針灸和氣功，可我們自己為什麼就一直不能發展出一套理論來呢？

最近，歐洲又興起了一門新的文學批評學說叫「意識批評」(Criticism of consciousness)，它的興起主要是受了胡賽爾(Husserl)「現象學」(Phenomenology)的影響。現象學認為，人的意識(Consciousness)和外界的現象接觸的時候，就引起意識的活動，對於一個正常的、健康的人來說，這種意識的活動都帶有一個意向性(Intentionality)。這本來是一種哲學觀點，可是發展下來就形成了「意識批評」。「意識批評」和「新批評」的「意圖謬誤說」正相反，它所找尋的正是作者創作時的Consciousness——他的意識活動。「意識批評」發展的結果就發現，凡是有大量作品的真正偉大的作家，即使在他偶然所寫的一點點即景感觸的作品之中，也可以找到他意識活動的基本型態(Patterns of consciousness)。美國有一

殊」是差別，「一本」是根源，偉大的詩人都有他的萬殊一本之處。當然，一顆不死的心可以看作一本，反映世間萬物就可以體現萬殊，然而還不只如此，詩歌還隨著詩人年齡的增長和經歷而有變化。你三十歲寫的詩是什麼樣子？你四十歲、五十歲、六十歲寫的詩又是什麼樣子？這裡面也可以體現萬殊和一本的關係，也可以看到生命成長的變化。所以我在《杜甫秋興八首集說》那本書裡邊有一個代序，題目是〈論杜甫七律之演進及其承先啟後之成就〉。承先啟後我已經說過了：杜甫集前人之大成，而且給後人開闢了無數的法門。至於杜甫七律在藝術上的演進，我今天可能沒有時間舉很多例證，大家回去可以參考我的那篇文章。在那篇文章裡我曾提出，杜甫七言律詩的演進主要是從早期那種平順的句法發展到後來這種錯綜變化的句法；從早期完全寫現實的感情發展到後來超越了現實達到了一個感情的境界。對於杜甫寫〈秋興八首〉的時候他在七言律詩藝術上所達到的成就，我曾提出兩點：第一是他的句法突破傳統；第二

是他的意象超越現實。

杜甫的詩歌寫作經過了幾個階段，我們剛才講的〈秋雨嘆〉是他中間一個階段的作品，他更早的作品則表現了一種對邪惡勢力鬥爭的精神和對未來勇敢追求的感情。這是他的一本，而經過了幾個不同的階段。例如他早期的〈望岳〉說：「岱宗夫如何？齊魯青未了。造化鍾神秀，陰陽割昏曉。蕩胸生層雲，決眥入歸鳥。會當凌絕頂，一覽眾山小。」這首早期的詩已經表現出他在用字造句方面的功力。由於山峰很高，山的陰面和陽面就像刀切一樣分明，所以「陰陽割昏曉」的「割」字用得非常準確、凝煉；而「蕩胸生層雲，決眥入歸鳥」則寫得非常有力量。他說「會當凌絕頂，一覽眾山小」，我要爬到那最高的山頂上，當我向下看的時候，眾山都在我的腳下。這裡，表現出杜甫少年時的一份志意。他早期還寫過一首〈畫鷹〉，開頭兩句說，「素練風霜起，蒼鷹畫作殊」——當我一打開畫卷，那霜風立刻就從畫面上飛起來了。你看，杜甫無論寫什

麼總是帶著一種強大的力量！這首詩的最後兩句是：「何當擊凡鳥，毛血灑平蕪？」他說，你什麼時候能夠發揮你的力量擊敗那些平庸的鳥，把它們的毛和血都灑在草地上？——這也是血淋淋的。杜甫早期就不迴避這種血淋淋的形象。此外，他還描寫過一匹胡馬，說它「竹批雙耳峻，風入四蹄輕。所向無空闊，真堪托死生」（杜甫〈房兵曹胡馬〉）。什麼是「竹批雙耳峻」？一個圓柱形的竹筒，你把它斜著削開，正好是直立的馬耳朵的形狀。什麼叫「無空闊」？就像拿破侖的字典上沒有「難」字一樣，這匹馬的眼中也沒有所謂遙遠的地方。而且，古人說好馬不只是說它的能力好，還包括它的品德好。馬也有馬的品德，真正的好馬不會在艱難危險之中把主人甩在地下，所以它「真堪托死生」。

所以你看，杜甫少年時代無論是登山還是看畫，他處處都有感發，而且這些感發都是他的「一本」，是他希望有所作為有所成就的一份嚮往和努力。同時，杜甫少年時所生活的時代也正是一個美好的時代：「憶昔開元全盛日，小邑猶

酒肉臭，路有凍死骨」（杜甫〈自京赴奉先縣詠懷五百字〉）就是在這時候寫的。後來肅宗在靈武即位，杜甫趕去投奔，半路上被叛軍攔阻在長安城中，這段時期他寫了〈悲陳陶〉、〈悲青坂〉和〈哀江頭〉。「孟冬十郡良家子，血作陳陶澤中水」——這一年孟冬官軍和安祿山打仗失敗了，戰場上犧牲了那麼多好青年，他們的血流得像河裡的水！從這時候起，杜甫就正面來反映現實了，後來，他離開長安，經過九死一生到達了肅宗的行在鳳翔，所謂「生還今日事，間道暫時人」（杜甫〈自京竄至鳳翔喜達行在所〉）——我今天居然能夠活著跟你們見面了，昨天我在小路上逃亡時還不知道下一分鐘的生死存亡呢！在鳳翔，杜甫官拜左拾遺。但他老是向肅宗進諫，說朝廷政治這也不對那也不對，人家當然不喜歡聽了，於是就「放還鄜州省家」。戰亂之中，家人存亡未卜，杜甫曾寫過一首〈述懷〉詩，表示了這種擔心，他說「比聞同罹禍，殺戮到雞狗；山中漏茅屋，誰復依戶牖」——聽說那裡經過戰亂被殺得雞犬不留，我那故舊的茅屋

裡不知是否還有親人在等著我。又說，「沈思歡會處，恐作窮獨叟」——如果真的有一天戰亂平定，大家都可以和家人團聚了，那時候我的家人還存在嗎？也許我會成為一個孤獨的老人吧。省家以後，長安收復了，他又回到長安來接著做左拾遺。可是杜甫這個人只要回到朝廷，一看到什麼不滿馬上就要直言進諫——他曾寫有詩句說「明朝有封事，數問夜如何」（杜甫〈春宿左省〉）。為了明天早晨給皇帝上一本提意見的奏疏，今天晚上他可以一夜不睡，不斷地打聽到了幾更天了。於是，沒過多久他就又被放出去，到華州去做司功參軍。可能由於和州刺史不大相合，他很快就棄官離開華州到了秦州。秦州冬天寒冷，他想找一個溫暖的地方，於是又來到成州的同谷。杜甫差一點兒就餓死在同谷，他在同谷寫了七首長歌，其中第一首說：「長鑱長鑱白木柄，我生托子以為命。」（杜甫〈乾元中寓居同谷縣作歌七首〉）「長鑱」是類似鏟子的一種刨土工具，他每天拿著長鑱到山上去挖草根之類的東西充飢，可是下大雪的時候他在山上

眼前夔州秋日的景物引起了他內心的感動，也就是「興」。「玉露凋傷楓樹林，巫山巫峽氣蕭森」就是夔州秋天的景色，這兩句寫得秋意滿紙，引起人內心無限蕭颯衰殘的感覺。我曾說過，杜甫有時使現實的形象帶有象徵的含義，而那巫山巫峽的蕭條，不也就是當時整個國家形勢的蕭條嗎？「江間波浪兼天湧，塞上風雲接地陰」一方面是現實的景象，一方面也表現了整個時代的動蕩。對「叢菊兩開」一句，有人說是杜甫在夔州看到兩度菊開；也有人認為是杜甫自乘船順江而下的時候到現在已見到兩度菊開。「他日淚」一句，是說以前曾因見到菊開思念故園不能回去而流淚，現在又一次見到菊開又流下淚來。杜甫乘船順江而下就是為了要回到長安，他在另一首詩中曾寫道：「此生那老蜀，不死會歸秦！」（杜甫〈奉送嚴公入朝十韵〉）要知道，杜甫自稱「杜陵有布衣」，自稱「少陵野老」，長安不僅是朝廷的所在，也是杜甫心目中的故園哪！所以他說「孤舟一繫故園心」。見物起興之後，下邊兩句他又回到夔州。「寒衣處處催刀

尺，白帝城高急暮砧」——有家的人開始準備寒衣了，而我的家在哪裡？我飄泊在外，我站在白帝城上，聽到了黃昏那一片搗衣的聲音。現在，杜甫已經寫到黃昏了。下面你們接著看他感發的進行：

夔府孤城落日斜，
每依北斗望京華。
聽猿實下三聲淚，
奉使虛隨八月槎。
畫省香爐違伏枕，
山樓粉堞隱悲笳。
請看石上藤蘿月，
已映洲前蘆荻花。

剛才是黃昏，現在已經從黃昏到日落，到滿天星斗了。杜甫的「故園心」，也就是說，他的感發，從第一首夔州的秋色興起，然後一點一點地引動，慢慢地生長，慢慢地增加，到「每依北斗望京華」，就明白地說了出來。他在那白帝高城之中，終夜地遙望長安，終夜地懷思長安，直到「請看石上藤蘿月，已映洲前蘆荻花」——月光已經從石上藤蘿移照到洲前蘆荻，說明時間已經很久很久，月亮已從東方移到西方，天也快亮了。所以，第三首就到了第二天的早晨：

千家山郭靜朝暉，
日日江樓坐翠微。
信宿漁人還泛泛，
清秋燕子故飛飛。

匡衡抗疏功名薄，
劉向傳經心事違。
同學少年多不賤，
五陵衣馬自輕肥。

杜甫說，我不但夜晚整夜地思念長安，白天我也整天地坐在江邊山城的樓上思念著長安。我看到，已經在江上過了夜的那條漁船還在水上飄泊，將要南歸的燕子在江上飛來飛去。從這「還泛泛」和「故飛飛」裡，我們可以看出杜甫煉字的功夫。「信宿漁人還泛泛」——難道我就也和漁人一樣永遠飄泊在江上嗎？所以是「還泛泛」。「清秋燕子故飛飛」——燕子知道我不能像它那樣自在地飛翔就故意在我眼前來來去去地飛！所以是「故飛飛」。當年我曾希望「致君堯舜上」，可是現在我在仕途上沒有任何功名，在學問上也什麼都沒有完成。當

年和我一起讀書的青年們如今都在朝廷中得到了高官厚祿，他們現在是「五陵衣馬自輕肥」！這個「自」字用得很妙。杜甫說，我是杜陵布衣、少陵野老，我飄泊在西南天地間，沒有機會為朝廷出力，可是你們有地位的人又幹出些什麼來了？你們所追求的只是錦衣肥馬的物質享受！「自」字既有批評，又有譏諷。一個意思是：你們自去輕肥，我不羨慕你們；另一個意思是：你們只管自己輕肥，卻不肯關懷朝廷，也不肯幫我得到一個「致君堯舜上」的機會，你們看，這個「自」字起著多麼微妙的作用！

杜甫本來是從夔州起興，直到第三首主要還是寫夔州，可是他胸中那念念不忘長安的感情隨著感發的進行越來越奔騰澎湃、洶湧激蕩，所以第四首開口就是長安了：

聞道長安似弈棋，

百年世事不勝悲。
王侯第宅皆新主，
文武衣冠異昔時。
直北關山金鼓震，
征西車馬羽書遲。
魚龍寂寞秋江冷，
故國平居有所思。

不管是新的還是舊的，不管是安祿山變亂之前的還是變亂之後的，大家所追求的全是個人的衣冠第宅和功名利祿。國家現在正在用兵，可是誰還肯關心國家的事呢？他說：「魚龍寂寞秋江冷，故國平居有所思。」前一句是寫夔州的秋天，後一句是寫對當年在長安居住時的種種回憶，一下子從長安打回夔州，

一下子又從夔州回到長安。溫庭筠的詞說，「花面交相映」（溫庭筠〈菩薩蠻〉），這裡的心物交感也真可以說是「心物交相映」了。

大家一定已經注意到，第一首全寫夔州，只有一句寫長安；而到這首就是全寫長安，只有一句寫夔州了，這裡就有一個感發進行的線索。我們也可以畫一個圖表來說明：

秋興

夔州 ———————————— 長安

玉霞凋傷楓樹林	夔府孤城落日斜	千家山郭靜朝暉	聞道長安似弈棋
→	→	→	→
蓬萊宮闕對南山	瞿唐峽口曲江頭	昆明池水漢時功	昆吾御宿自逶迤

前面四首是從夔州起興，他的感發重點從夔州一步一步轉到長安。第四首的結尾不是「故國平居有所思」嗎？所以下面四

首就分開來寫他所思念的長安。杜甫真是一個理性和感性均衡發展的詩人，他有這麼博大、強烈的感情，同時，又有如此理性的結構和組織的安排。那麼，他的感發重點來到長安之後，第一個懷念的是什麼？是蓬萊宮。

蓬萊宮闕對南山，
承露金莖霄漢間。
西望瑤池降王母，
東來紫氣滿函關。
雲移雉尾開宮扇，
日繞龍鱗識聖顏。
一臥滄江驚歲晚，
幾回青瑣點朝班。

開元全盛之日的蓬萊宮面對著南山。下面為什麼說「承露金莖」？承露盤不是漢武帝製造的嗎？要知道，以「漢」喻「唐」已經是中國詩歌傳統中一種習慣。「長安」在中國文化歷史的傳統上已經成為一個「語碼」，它可以代表國都的所在，所以杜甫在這裡是用漢朝的全盛之日來映襯唐朝的全盛之日。「西望瑤池降王母，東來紫氣滿函關」是諷刺唐玄宗之寵愛楊貴妃和他的學道求仙。「雲移雉尾開宮扇，日繞龍鱗識聖顏」則是杜甫回憶起自己過去的一段光榮的日子。杜甫在長安幾次考試總考不上，就上了三篇賦，於是玄宗皇帝親自「召試文章」。他曾寫詩說：「集賢學士如堵牆，觀我落筆中書堂。」（杜甫〈莫相疑行〉）——皇帝叫我寫文章，集賢院中那麼多學者圍著我看我下筆。所以你看杜甫很有章法。他第一個先懷念誰？自然是懷念君主，因為他有過親自見到玄宗的這一段往事。但是「一臥滄江驚歲晚，幾回青瑣點朝班」，「滄江」又回到

杜甫是怎樣把它們結合起來的？那真是神來之筆。是「萬里風烟」——秋天的那一片風烟！他說我身在瞿唐峽口，可是心在曲江頭。曲江的全盛之日是什麼樣子？是「花萼夾城」、「芙蓉小苑」、「珠簾繡柱」、「錦纜牙檣」。這些今天都來不及講，請大家回去看我的那本《杜甫秋興八首集說》。下面杜甫接著說，回想那時在曲江聽歌看舞，沈醉在太平盛世的享樂之中，可是如今那可愛的地方怎麼就從歌舞昇平走向了離亂衰亡！「憐」字在中國古典詩歌中有惋惜的意思，也有愛的意思。「謝公最小偏憐女」（元稹〈悲遣懷〉其一）就是偏愛、憐愛的意思，所以「可憐」兩字有多重意思。他又說，「秦中自古帝王州」——長安一帶自古以來就是帝王們建立都城的所在，它怎麼竟會遭到一次又一次的淪陷呢？——長安在安祿山那時淪陷過一次，不久以後在唐代宗時又淪陷過一次，對於一個國家的首都來說，這是不可想像的。

在這裡，杜甫不是提到了自古的帝王州嗎？所以下一首他就從自古的帝王

這首詩該是一個總結了。從杜甫的章法來說，他從夔州的黃昏到日暮，到月亮出來，又到太陽出來，感發的重點一步步移向長安；對長安的懷念第一個是蓬萊宮，第二個是曲江頭，第三個是昆明池，而第四個呢？前面三首每一首的開頭出現一個地名，可是第四首的開頭兩句居然一下子出現了一大堆地名！「昆吾」是一個亭子的名字；「御宿」是一條水的名字；「紫閣」是一個山峰的名字；「渼陂」是一片陂塘的名字。杜甫對長安的懷念一發而不可遏止，到現在，長安所有的景物都在他的懷念之中了。你們是否注意到，這首詩中怎麼跳出一個「春」字？夔州現在是秋天，是「玉露凋傷楓樹林，巫山巫峽氣蕭森」；長安現在也是秋天，是「波漂菰米沈雲黑，露冷蓮房墜粉紅」。可是，難道我只懷念長安的秋天，對長安的春天就沒有一個美好的回憶嗎？所以，他這第八首不但一下子出現了這麼多地名，連「春」字也跳了出來。「彩筆昔曾干氣象」有兩層意思，一個是指他自己當年所寫的詩文「筆落驚風雨，詩成泣鬼神」的詩

歌之「干氣象」；一個是指玄宗皇帝當年欣賞他，召試文章的那一件事感動玄宗之「干氣象」。可是如今卻只剩下了「白頭吟望」——有的本子上寫作「今望」。如果是「吟望」，那就是一邊吟詩一邊遙望長安，這當然也很好。而「今望」就和上一句的「昔曾」對比：我以前在長安曾經用我的彩筆「干氣象」；可我現在滿頭白髮，衰老多病，只能遙望長安了。

由於今天時間不夠，我講得太潦草了，很對不起大家，也對不起杜甫。下課晚了，耽誤了大家的時間。謝謝大家。

第四講　李商隱詩淺講

錦瑟

錦瑟無端五十絃，一絃一柱思華年。
莊生曉夢迷蝴蝶，望帝春心託杜鵑。
滄海月明珠有淚，藍田日暖玉生烟。
此情可待成追憶，只是當時已惘然。

——《李義山詩集箋注》卷上

上一次因為時間不夠了，有一首杜甫的詩沒來得及講，所以今天我們要借李商隱的一點兒時間來把杜甫這首詩講一下。但今天已經是我們這個講座的最後一次了，講得可能會比較匆促，這都怪我不善於控制時間，非常對不起大家。

我們上次已經講過，杜甫的理性與感性兼長並美，他的詩既有理性的安排也有感性的飛躍。〈秋興八首〉是他功力極深的八首詩，整個這一組詩的結構是非常嚴密的。上次我們已經講過了這八首詩整個的結構，今天我們要看這八首詩中的第七首：

昆明池水漢時功，
武帝旌旗在眼中。
織女機絲虛夜月，
石鯨鱗甲動秋風。

波漂菰米沈雲黑，
露冷蓮房墜粉紅。
關塞極天唯鳥道，
江湖滿地一漁翁。

我們先看它在整體裡邊的位置。這首詩上邊的一首「瞿唐峽口曲江頭」的最後兩句是「回首可憐歌舞地，秦中自古帝王州」，所以這一首就從自古的帝王州寫起。你們看杜甫在這八首詩中的感發：他從眼前夔州的景物，聯想到國家百年的世事也想到自己個人身世的悲哀，現在又結合了古今的悲慨！《漢書・武帝紀》的注解中，引〈西南夷傳〉記載，漢武帝開鑿昆明池是為了訓練水師發揚武功的。所以「昆明池水漢時功，武帝旌旗在眼中」這兩句的感慨實在很多。我曾經講過，杜甫的作品隱藏了一種潛能，需要讀者一步一步、一點一點

地去發掘，而現在這兩句就有好幾層意思。第一層意思是表面的，就是對當時長安的懷念。他說「故國平居有所思」，然後就懷念了長安的很多地方，從表面看，「昆明池水」和「蓬萊宮闕」、「瞿唐峽口」一樣，也是長安的一個地方。但是「漢時功」三個字就有兩層意思了，一方面，它承接上一首的「自古帝王州」；另一方面，它能夠給讀者以兩層啟發和暗示。

我不是說過我有一本書叫《杜甫秋興八首集說》嗎？已經有很多朋友到書店去買了這本書。但是我覺得，對一般讀者而言，可能會對我的《迦陵論詞叢稿》和《迦陵論詩叢稿》更感興趣，因為那兩本書完全是欣賞的性質。而對《杜甫秋興八首集說》，我下了一些死板的笨功夫，就像我當年不得不用英文教書時每天晚上查生字、一個生字要反覆查十遍或二十遍的那種笨功夫一樣。所以如果中文系的同學想要了解怎樣分析一首詩、怎樣從一句詩裡看到多層含義，我那本《杜甫秋興八首集說》可能有幫助，但對一般讀者來說就比較枯燥了。在

那本書裡，我引了前人各種不同的說法，對「昆明池水」這兩句，歷代說杜甫詩的人就有不同的聯想。有人認為，這裡提到「漢時功」有諷刺的含義，因為唐玄宗也曾有一度窮兵黷武，發動過一些主動性的對外戰爭。大家可以參看仇兆鰲或者楊倫、錢謙益諸家對杜詩〈前出塞〉和〈兵車行〉等詩的注解，杜甫是反對勞民傷財的戰爭的。但是也有人認為，「漢時功」是借漢朝的強大來反襯唐王朝已經走向衰敗，因為唐朝從安史之亂長安淪陷，玄宗逃往四川，直到肅宗、代宗即位，一直戰亂不斷，強大的唐王朝已經開始沒落。因此也有人認為這一句有反諷的意思。

「武帝旌旗在眼中」，那是詩人想像漢武帝在昆明池裡訓練水軍的時候一定是戰船威武，旌旗招展。我們說，杜甫當然不會看見過漢武帝時代的戰船和旌旗。然而不要忘記，詩人是富於感發和想像的，一說到「漢時功」，他的腦子裡馬上就會出現一幅旌旗招展的圖象。《文心雕龍・神思》裡邊說：「寂然凝慮，

思接千載。」杜甫就經常用這種手法。當杜甫歷經千辛萬苦從淪陷的長安逃到肅宗所在的鳳翔之後，由於他屢次進諫，肅宗不喜歡他，讓他回鄜州去看望妻子。在從鳳翔去鄜州的路上，杜甫記下了他的觀感和見聞，寫了一首長詩〈北征〉。〈北征〉裡面有這樣兩句：「猛虎立我前，蒼崖吼時裂。」杜甫看到一面斷崖，就覺得有一隻猛虎站在眼前，而這斷崖就是因為猛虎大吼了一聲而斷裂的。這本是想像，他卻寫得如此真切。後來清代金聖嘆批杜詩的時候說：「先生異樣眼力，上觀千年，下觀千年，故今日行到此處，便明明見有一虎，正立我前，振威大吼。必問虎在何處，哀哉小儒！」（金聖嘆《杜詩解》）金聖嘆這裡所說的就是詩人想像的能力。你要是真的去考證那裡的地方志上有沒有出現過老虎的記載，那就是「哀哉小儒」。就像陶淵明說：「少時壯且厲，撫劍獨行遊；誰言行遊近？張掖至幽州。」（陶淵明〈擬古〉）如果你去考證陶淵明是否真的到過幽州，那也是「哀哉小儒」。所以杜書一寫「漢時功」，馬上「旌旗」

我們聯想到《詩經・小雅・四月》的「秋日淒淒，百卉俱腓」。那麼「織女機絲虛夜月」使人聯想到什麼呢？它使我們聯想到〈大東〉裡的「小東大東，杼柚其空」。那是說，當周朝衰落下來的時候，東方那些諸侯國，無論是大國還是小國，都處在危難和貧困之中，所以織布機的輪軸上都是空的。因此這一句詩就也有了暗示當時唐王朝之國勢漸趨貧弱的託喻之意了。既然「織女機絲虛夜月」起了一個語碼的作用，那麼跟這一句連起來，「石鯨鱗甲動秋風」就也不僅僅是寫昆明池裡的實景，它也起了一個語碼的作用，能夠引起我們一些更深一層的聯想。《左傳・宣公十二年》記載了楚國和晉國的一次大戰，晉國打敗了，楚國把晉國死亡將士的屍體埋在一個大土墳裡。那地方就有一句，把被殺死的敵人叫作「鯨鯢」，說是「取其鯨鯢而封之以為大戮，於是乎有京觀以懲淫慝」。所以，「鯨鯢」是指那些發動戰亂的壞人。那麼，杜甫寫〈秋興八首〉的那個時代正是戰亂未已，動蕩不安，所以說「石鯨鱗甲動秋風」。除了實在的景物外就也

有了更深一層的託喻之意了。

我們上次講過，西方的新批評反對研究詩人的原意，而現在歐洲新興起的意識批評則注重作者的原意。有一個美國人叫 Hills Miller，他曾經研究過狄更斯的小說，他說狄更斯的小說雖然所寫的故事不同，但他有一個 Patterns of consciousness（意識型態）在裡邊。杜甫的詩也有一個基本的意識型態。「杜陵有布衣，老大意轉拙。許身一何愚，竊比稷與契。」（杜甫〈自京赴奉先縣詠懷五百字〉）他說我把我的生命都交託給一個理想，這個理想就是「竊比稷與契」。稷教人稼穡，使每個人都有飯吃，天下有一個人沒有吃飽他就認為是他的責任。契讀ㄒㄧㄝˋ，他是司徒，要使所有的人都安居樂業，天下有一個人生活不安樂，那就是他的責任。杜甫在另一首詩裡還曾說：「致君堯舜上，再使風俗淳。」（杜甫〈奉贈韋左丞丈二十二韻〉）這都是他平生的志意所在。有些人只有五分鐘的熱度，遇到一點小小的挫折就不幹了；有些人連五分鐘的熱度都沒有，只

胡米，昆明池裡就養有菰米。杜甫是從夔州的秋天引起感發，想到長安，從而想到長安秋天的景物。現在，我所在的夔州是「江間波浪兼天湧，塞上風雲接地陰」；而我所懷念的長安昆明池是「波漂菰米沈雲黑，露冷蓮房墜粉紅」——都是在秋天的蕭瑟和淒涼之中！在昆明池裡，菰米沒有人收拾都腐爛了，一團一團像黑雲一樣沈在水中。秋天的寒風冷露一直侵入到荷花中心結蓮蓬的那個中心的蓮房，而荷花的花瓣都凋零了。以前我們曾講過馮延巳的詞「風入羅衣貼體寒」（馮延巳〈拋球樂〉），和李白的詩「玉階生白露，夜久侵羅襪」（李白〈玉階怨〉），寫的也是這種寒意的侵入。你們注意過各種不同的花殘敗和零落時的景象嗎？桃花和杏花那細小的花瓣是風飄萬點；茶花是枯萎在樹枝上；而荷花那麼大的花瓣落下一瓣、兩瓣就殘破不全了。「露冷蓮房墜粉紅」是很美麗的句子，杜甫是用對比的方法寫美麗之中的凋殘。而且上一句是「沈雲黑」，是黑色；這一句是「墜粉紅」，是紅色，對偶很工整。

我的《杜甫秋興八首集說》是一九六四年前後開始寫的，一九六六年印出來的，一九六六年也正是我從臺灣到美國去的時候，我就把剛出版的書送給一些在美國教書的朋友。有兩位教授，一位叫高友工，一位叫梅祖麟，他們就由這本書發展而寫出來三篇英文的論文。昨天有兩位記者跟我談話，問我對現代詩和朦朧詩有什麼看法。其實我在《杜甫秋興八首集說》的前言裡說得很詳細，我在講課時也說過，中國古典詩歌是珍貴的文化遺產，我們應該對它有深刻的理解和欣賞能力，不但要吸取它眾多的藝術手法，也要吸取詩人那光明俊偉的品格，這就是我願意和大家一起學習研究中國古典詩的原因。可是從整個時代發展的角度來看，我認為要求現在的年輕人寫古典詩是不大容易的，所以我決不反對青年人寫現代詩和朦朧詩。杜甫有大白話的〈遭田父泥飲美嚴中丞〉，也有非常古典的〈秋興八首〉。當年胡適之寫《白話文學史》，一方面讚美杜甫的白話詩，說他「走上了白話文學的大路」；一方面又譏諷〈秋興八首〉是「難

懂的詩謎」。這就是我說過的我們中國人常犯的一個毛病：喜歡走極端。一說這個好就把那個都打倒了，一說那個好又把這個都打倒了。其實，不同的詩體各有各的長處也各有各的缺點，我們為什麼不能同時保存它們的優點，同時避免它們的缺點呢？我之所以提到這些是因為，杜甫的這八首詩裡藏了這麼多藝術手法的變化，我當年寫那本書的時候，本想把它們加以整理之後歸納出一些詩歌的表現手法，可是那時候我很忙，就沒有來得及寫。我非常感謝高友工和梅祖麟兩位教授，因為他們拿到這本書，看了那些歷代評注的材料之後，覺得中國的語言有如此豐富而微妙的變化和作用，於是就結合西方的語言學寫了幾篇非常好的論文。我在這本書再版的增訂本後記裡邊提到了這幾篇論文，而且我一九八六年在南開大學教書的時候曾給研究生班開了一門課，介紹西方漢學界的英文著作，講的就是這幾篇文章。南開大學有兩個同學很用功，他們把高教授和梅教授的三篇論文都譯成了中文，在那幾篇論文裡，高教授和梅教授就分

析了這兩句詩——「波漂菰米沈雲黑，露冷蓮房墜粉紅」。他們說紅與黑兩種顏色表現了一種從成熟到腐爛的感覺。他們還說，「漂」、「沈」、「冷」、「墜」四個字都給人零落的感覺，而「粉紅」兩個字卻如此鮮明，這就可以和第一首詩的第一句「玉露凋傷楓樹林」結合起來看。「楓樹林」的顏色是美麗的，「玉露」也是美麗的，但「凋傷」卻如此蕭瑟、淒涼，是摧殘和破壞，因此他們認為，把很多不同性質的形象組合起來，就能夠產生多種的感發效果。的確，在中國傳統的注解中，有的人就說這兩句寫得富麗堂皇，是表現昆明池興盛的時代；有的人卻說這裡寫了一幅昆明池殘敗的景象，其實這正是兩種形象的結合。當杜甫懷念長安的時候，他心裡既有昆明池當日富麗堂皇的興盛，也有昆明池今日衰敗凋殘的淒涼，他是把這兩種感慨結合在一起了。然而杜甫當日寫這兩句詩的時候，是像我們這樣分析來分析去才寫出來的嗎？不是。人家杜甫是詩人，他天性的感動和興發就是帶著這麼豐富的力量的。而且他的藝術表現也充分地

字無來歷，其實那些偉大的詩人並不是有心要用典故。你要作一首詩，就找了很多類書來拚命地翻，即使翻出來，那些典故也不屬於你，因為你對它沒有感發。那些東西應該是你從小就記誦背熟了，隱藏在你的意識裡面，結合在你的生命裡面，要用的時候，你不加思索它就出來了。就以這句詩而言，原來《論語》上有這樣兩句話：「滔滔者天下皆是也，而誰以易之？」（《論語・微子》）水流是就下的，人也是一樣：向上困難，向下容易。為什麼我們接受其他民族文化的時候沒把人家好的學來卻把壞的都學來了？因為學壞容易學好難哪！可是人之所以可貴，就是因為人能夠學好，能夠向上。我上次提到馬斯洛哲學的「自我實現」，他說當你有一天真的認識到那最高層次的需要，那麼不用跟你講什麼道德，什麼主義，什麼都不用提，你自己的感情就忍受不了那些卑下的事情，你就寧願忍受那些低層需要的缺乏，去追求那高層需要的實現。陶淵明就是如此的。可是「滔滔者天下皆是也」，怎麼這麼多人都向下游流去？誰能改變

這種風氣呢？杜甫的「江湖滿地」就也能夠引起我們這樣的悲慨，提出這樣的問題。所以你看，這就是杜甫用他各種藝術技巧變化的「萬殊」，來表現他忠愛纏綿的「一本」。我們就把杜甫停在這裡，接下來我們看李商隱的詩。

關於杜甫使七言律詩達到了一個成熟的階段，我在《杜甫秋興八首集說》那本書的序文裡談得比較詳細，在那篇序文裡我提到了杜甫七言律詩兩點可注意的成就，一個是他的句法突破傳統，一個是他的意象超越現實。所謂句法突破傳統，我今天在「昆明池水」這一首詩裡沒有仔細講，但是我在上一次講過，我說「香稻啄餘鸚鵡粒，碧梧棲老鳳凰枝」是句法的顛倒，從傳統習慣的文法上看是不通的，因為香稻不是鳥，不能啄。至於意象的超越現實，並不是說你本來寫的就不是現實，「昆明池水」、「露冷蓮房」、「織女像」、「石鯨魚」都是長安城中現實的景物，但它們都含有更深一層的意思。要知道，七言律詩有很多平仄格律的限制，古詩可以平順地寫下去，而七言律詩要講平仄，還要講對偶，

就覺得很不容易。杜甫在七言律詩上走出了一條路子，他掌握並且結合了感情和形象的重點，不再像古詩那樣平鋪直敘，所以在句法上突破了傳統，在意象上超越了現實。

前人的詩話認為：「有唐一代詩人，唯李玉溪直入浣花之室。」（薛雪《一瓢詩話》）「浣花」是指杜甫，因為杜甫在成都的草堂坐落在浣花溪畔；而「李玉溪」就是李商隱。李商隱的七言律詩是從杜甫那裡繼承發展而來的，但是又和杜甫不同。下面我們就該開始看李商隱的詩了。我們教材上選了他的兩首詩，第一首是他最有名的七言律詩〈錦瑟〉，另一首是他的〈燕臺〉詩中的第一首〈春〉。我要講得快一點，因為我們的時間不夠，第二首可能來不及講了。

李商隱這個詩人是很奇妙的，他所用的形象跟杜甫不同，跟陶淵明也不同。我們說過，陶淵明所用的形象是概念中的形象；杜甫所用的形象是現實之中實有的形象。不過，陶淵明雖然用概念中的形象，但他的概念是現實之中實有的

概念。像他的鳥、松樹、白雲的形象都是現實之中可以有的。而李商隱所寫的那些形象完全是詩人的想像，是現實之中沒有的。另外，李商隱的詩總是寫得這樣悵惘哀傷、纏綿悱惻。還不止如此，我不是說過詩人都有一個 Patterns of consciousness（意識型態）嗎？陶淵明的 Patterns 是他原來的用世志意，跟他與腐敗、邪惡的官僚社會不能相容而引起的矛盾和思考；杜甫的 Patterns 是他的忠愛纏綿。那麼李商隱的 Patterns 是什麼？我們只看他兩首詩當然不夠，所以我在教材後邊的參考詩篇裡選了李商隱的十首七言絕句，我們要通過比較多的詩來看他的基本情調、他的意識型態是什麼。李商隱的詩很難懂，但儘管難懂卻有很多人喜歡。這就如同你見到一個女子，你不知道她的姓名，不知道她是哪個學校畢業的，也不知道她現在做什麼樣的工作，但是忽然間只憑直覺你就被她打動了。這是一種很奇妙的力量，只要一讀，它就吸引你、感動你。我們現在就來試試看，因為我已經沒有時間來分析這十首詩的歷史背景和詩人生活經

接著提出：就算你求到了神仙又能怎麼樣呢？他說「直遣麻姑與搔背」，麻姑是傳說中的一位神仙，據說有一個人有機會見到了麻姑，看到麻姑手上的指甲很長，他就心中動念：如果我的背上癢，讓麻姑用她的長指甲給我抓一抓癢該有多好！李商隱說，就算你不但見到了麻姑，而且還真的讓她給你抓了癢，就算你跟神仙有如此親近的遇合，難道你就也成了神仙嗎？難道你就真的能夠長生不老，能夠一直看到眼前的滄海變成了桑田嗎？因為在那個故事裡麻姑說，就在我們談話的這短暫的時間內，東海已經經歷了從滄海到桑田、又從桑田到滄海的三次變化！我沒有時間細講了，下面我們看〈瑤池〉：

瑤池阿母綺窗開，
黃竹歌聲動地哀。
八駿日行三萬里，

穆王何事不重來。

首先，要體會詩人選擇用字時感覺的敏銳和纖細。你看，他不說「瑤池王母」卻說「瑤池阿母」，這個「阿」字用得很好，顯得那麼親切，跟「麻姑搔背」一樣。「瑤池阿母」與人間隔絕了嗎？沒有，她對人間是關懷的，所以是「綺窗開」，因為傳說周穆王曾經乘坐他的八匹駿馬西遊，與西王母飲宴於瑤池。——我本來不想跑野馬了，可是有一個故事給過我極大的感動。那是我在國外曾經偶然看到了瑞典史特林堡的一個話劇，名字叫 *Dream play*——《夢劇》。劇場完全是黑暗的，舞臺兩邊開著小小的門，每個小門上有一盞小小的燈。舞臺上是空的，演奏著非常哀怨的音樂。然後就從空中飄下來一片白色的綢子，一個全身都是黑色的人一聲不響地走了出來，手中拿著一個類似衣服架子的東西，在衣架掛鉤的地方有一個女子的臉像。黑色的人等於是道具，而空中飄下來的那

片白綢子就落在了衣架上，覆蓋住衣架後，那女子的臉，就成了想像中穿了白衣的一個人形。這同時空中就發出聲音來，說天帝留了一個孔道通向人間，可是他每天從孔道裡聽到人間傳來的聲音都是悲哀的哭啼。天帝覺得很奇怪，就派他的女兒到人間來看一看，於是他的女兒就降下來了，就是穿白衣的這個女子的人像。然後，每一個世間人物的出現都是一個人頭的圖象披上一塊綢，男女、老幼、高低、貴賤，各種人物都有，顯示了人間悲哀痛苦的萬象，演得非常動人。我現在要說的是「瑤池阿母綺窗開」——王母打開了上天與人間相通的孔道。聽到了什麼？是「黃竹歌聲動地哀」。傳說周穆王曾乘坐他的八匹駿馬走向瑤池王母的所在，走到黃竹這個地方，天降大雪，滿地都是餓殍。人間有這麼多悲哀和苦難，所以儘管周穆王有日行三萬里的八匹駿馬，可是他再也沒有重到西王母的瑤池。這個故事，又引起了我的一個聯想。陶淵明的〈桃花源記〉說武陵漁人從桃花源出來之後處處做了記號，可是後來再去找怎麼也找不

到了。南陽劉子驥是「高尚士也」，聽到這件事也準備去找，可是他不幸病死了。所以〈桃花源記〉在最後說什麼？說「後遂無問津者」。你不要說桃花源是烏托邦，或者去考證魏晉時山林中確有那種堡寨；你就只看陶淵明寫這句話時是懷著何等悲哀的心情！我們人類不應該追尋一種美好的生活和高尚的境界嗎？有的人追尋了，但沒有找到。可是你只要一直在找，那就會有希望。而現在連追尋的人都沒有了，這才是人世間最可悲哀的一件事。總之李商隱在詩中所經常表現的一種心態，往往是熱切的追尋和悲哀的失落。而且充滿了迷惘，這是他的一種意識型態。教材上的參考詩篇我就講到這裡，剩下的大家回去自己看。

李商隱的詩為什麼寫得如此悲哀悵惘呢？那是他所生的時代和他個人平生的遭遇造成的。李商隱生在唐朝憲宗時代，憲宗以後依次是穆宗、敬宗、文宗、武宗、宣宗。他就死在宣宗時代，先後經歷了六個皇帝。在這段時間裡唐朝的政治如何呢？當時朝廷之內是宦官專權，地方上是藩鎮跋扈，朝臣之中是激烈

的黨爭。連對皇帝生殺廢立的大權都操在宦官手中，在李商隱平生所經歷過的六個皇帝，其中就有兩個是被宦官殺死的。後來唐文宗想要消滅宦官，發動了歷史上有名的「甘露之變」，但是不幸失敗了，滿朝文武大臣從宰相以下全都被宦官殺死，而且戮及九族。這在時代方面是如此的，那麼李商隱個人的身世又如何呢？他是「少孤家貧」。在他十歲（實歲只有九歲）的時候，他的父親就死了。他是長子，要對家庭負起責任來。後來他寫過一篇〈祭裴氏姊文〉，記載了這一段的經歷。他說他「年方就傅，家難旋臻」——正當應該入學跟老師念書的時候，家裡的不幸就來臨了。李商隱是懷州河內（今河南沁陽）人，他的父親在浙江一帶做官，死在浙江，所以他「躬奉板輿，以引丹旐」——把父親的棺木運回故鄉去安葬。他說那時候自己一家是「四海無可歸之地，九族無可倚之親」。由於他們離開故鄉太久，回來後連戶口都報不上了。在中國古代，父母之喪要守喪三年，他說「及衣裳外除，旨甘是急」——等到喪服滿了，我最重

看到農村人民的苦難生活而寫下的一首一百韻的長詩。「蛇年建丑月，我自梁還秦……高田長槲櫪，下田長荊榛。農具棄道旁，飢牛死空墩。依依過村落，十室無一存……」「蛇年」指丁巳年，就是文宗開成二年，李商隱從「梁」這個地方回到長安，一路上看到田地裡沒有莊稼，到處野草叢生，種田的器具都拋棄在路邊，耕牛都餓死了，倒在土坡旁。他十分關切地走過一個個村莊，十家裡沒有一家是有活人的。後來他看見了一些倖存者，這些人對他訴說了歷年來所遭到的種種人為的、自然的災難。他們說，「巍巍政事堂，宰相厭八珍」，而老百姓卻到了「兒孫生未孩，棄之無慘顏；不復議所適，但欲死山間」的地步。自己的兒孫剛剛生下來就把他拋棄，臉上連一點悲慘的表情都沒有，因為留下來也無法養活，連大人自己都沒法活了，現在已經不再商議逃到哪裡去，只希望能死在老家就好。李商隱這時剛剛考中進士，還沒有授官，但是他說：「我聽此言罷，冤憤如相焚。昔聞舉一會，群盜為之奔。又聞理與亂，繫人不繫天。

我願為此事，君前剖心肝。叩頭出鮮血，滂沱污紫宸。」可是「九重黯已隔，涕泗空沾唇」。以前杜甫在詩中就曾經說：「窮年憂黎元，嘆息腸內熱。」（杜甫〈自京赴奉先縣詠懷五百字〉）李商隱也為老百姓的冤屈和政治的敗壞憂心如焚。他說春秋時晉國舉用了一個賢才士會，國內的盜賊就都逃跑了，可見只要執政的人好，老百姓的不幸自然就可以減少。我願意用最真誠的感情去向朝廷說明這些苦難的原因和改善的方法，我願意為這件事把我的血灑在天子面前。但是，君門九重，誰能聽我一介書生的呼喊？我只能無可奈何，聽任那悲哀的眼淚一直流到唇邊。所以李商隱是關懷國家人民的。溫庭筠也寫過〈書懷百韵〉，寫的都是自己的懷才不遇。可是你看人家李商隱的百韵，寫的都是國家都是人民！這就是我所說過的感發的生命質量的不同。

後來，李商隱娶了王茂元的女兒做妻子，而王茂元在朝廷中和令狐楚父子是敵對的兩黨。一方面是少年時代有知遇、提拔之恩的令狐楚父子，一邊是自

己的岳父，這就使李商隱被捲進朝廷的黨爭之間，造成了他一生的失意。按唐朝的制度，考中了進士叫「登第」，然後還要參加吏部的一次科考，再考中了叫「登科」，那時候才給官做。李商隱不是剛剛進士登第就寫了那首長詩嗎？所以他第二年科考就沒有登科。後來他寫過一篇〈與陶進士書〉，說吏部曾經把我的名字「上之中書」——中書省是唐朝最高的行政機關——可是中書長者令人抹去其名。為什麼抹去其名？有人說是因為黨爭。但我個人猜想有可能也是為了那首長詩，他在那首詩裡把當局的罪惡寫得實在太多了。這以後他又參加了一次科考，終於考中了，做過秘書省校書郎，又調補弘農尉，可是不久他就寫了〈任弘農尉獻州刺史乞假歸京〉：

黃昏封印點刑徒，
愧負荊山入座隅。

卻羨卞和雙刖足，
一生無復沒階趨。

縣尉是縣裡的一個屬官，負責管理囚犯。日落黃昏縣太爺收印了，縣尉就得清點囚犯把他們收進監獄。據歷史記載，李商隱是因為「活獄」——為一個判死刑的人減輕罪名——而得罪了長官，所以才請求辭職的。中國古代傳說，楚國人卞和得到一塊美玉獻給楚王，玉工說這是石頭不是玉，楚王大怒，就砍斷了卞和的一隻腳。楚王死了，他的兒子即位，卞和又來獻這塊玉，玉工還說是石頭不是玉，新的楚王又砍掉了卞和的另一隻腳。然而這真的是一塊美玉呀，而且據說就是後來做成中國歷代皇帝傳國玉璽的那一塊玉！李商隱說，我懷抱著這麼一塊美玉來做這樣卑微的一個小官，當我看到不正義、不合法的事情時，不能發表一點點意見，所以我反而羨慕那不幸的卞和：他的雙腳都被砍斷了，

再也不用在官老爺的堂下奔走，供他們驅使了！

李商隱還寫過一首關於雞的詩，叫〈賦得雞〉：

稻粱猶足活諸雛，
妒敵專場好自娛。
可要五更驚穩夢，
不辭風雪為陽烏？

他說你這隻雞呀，你已經有足夠的糧食吃了，不但你自己夠了，連你子孫的糧食都撈下來了，可是你還依仗你的威風，不斷嫉妒別人，總要自己獨攬大權以此自娛，覺得高興。可是作為一隻雞，你就只做這樣的事情嗎？你有沒有想到過你有報曉的責任？你本應該不怕寒冷不畏寒風冷雪，在天還沒亮的時候

把大家從醉生夢死的昏睡中驚醒，為人間呼喚出太陽的光明呀！

這就是李商隱！他有政治上的抱負和理想，但是沒有得到過任何一點兒實現理想的機會。他一生漂泊各地，在幕府給人做秘書，替人家寫應酬文字，幹那些世界上最無聊的事情，所以他才那樣悲哀悵惘。好，下面我們就看他的〈錦瑟〉：

錦瑟無端五十絃，
一絃一柱思華年。
莊生曉夢迷蝴蝶，
望帝春心託杜鵑。
滄海月明珠有淚，
藍田日暖玉生烟。

此情可待成追憶，
只是當時已惘然。

這是很有名的一首詩，我們先來說這個題目。李商隱有一些詩的題目就叫作〈無題〉——我現在還要跑一點野馬，講一段談話。與我合寫《靈谿詞說》的繆鉞先生有一次對我說，李商隱寫的詩很近乎詞的情境，可是他為什麼不寫詞呢？我以為，正因為李商隱的詩近乎詞的情境，所以他不需要再寫詞了。王國維曾說詞的特質是「詞之為體，要眇宜修」（王國維《人間詞話》），張惠言曾說詞的功能可「以道賢人君子幽約怨悱不能自言之情」（張惠言《詞選・序》）。這些，李商隱在他的詩裡已經都表現出來了。我說過，詩和詞有一個很大的不同，就是詩是顯意識活動而詞是隱意識的。「劍外忽傳收薊北，初聞涕淚滿衣裳」，說得清清楚楚；它的題目〈聞官軍收河南河北〉也說得明明白白，給你一

個輪廓、一個範圍，而詞所寫的是隱意識的活動，是一種幽微深隱的情意。而李商隱在詩中寫了很多〈無題〉，表現的也正是他潛在的內心深處的意識和感情的活動，很難用顯意識明確地表達。而且李商隱有時還寫一些雖然有題卻等於無題的詩，〈錦瑟〉就是其中的一首。還有「瑤池阿母綺窗開」題目就叫〈瑤池〉；「丹丘萬里無消息」題目就叫〈丹丘〉，只是把詩句中的兩個字拿出來做題目，它不一定是顯意識之中的主題。「錦瑟」就是他這首詩中第一句開端的兩個字。

〈錦瑟〉說的是什麼呢？歷代有種種不同的說法。有人說這首詩就是寫錦瑟這個樂器，說「莊生曉夢迷蝴蝶」、「望帝春心託杜鵑」、「滄海月明珠有淚」、「藍田日暖玉生烟」都是瑟所表現的音樂境界，是適、怨、清、和四種情調。還有人說這首詩是悼亡，因為李商隱的妻子死去之後，他寫了很多首詩懷念他的妻子，其中有這樣兩句：「歸來已不見，錦瑟長於人。」（李商隱〈房中曲〉）他說我回到家裡來，我的妻子已經不在了，可是她當年彈的錦瑟還在，它的生

命比人更長。持這種說法的人還認為，「滄海月明珠有淚」是寫他妻子眼睛的美麗；「藍田日暖玉生烟」是寫他妻子容貌的美麗。此外，還有一種說法認為這首詩是李商隱自題他的詩集。

如果大家看了我收在《迦陵論詩叢稿》裡的幾篇關於李商隱的論文就可以知道，我對這種難講的詩主張首先要拋開成見，讓詩的本身來說話，要分析它的形象、它的句法、它的結構和它的質地。好，那麼我們現在就讓詩句本身來說話。他說「錦瑟無端五十絃」。錦瑟是樂器之中最繁複的一種樂器，「錦」字說明它上面有很多美麗的裝飾。而且，琴有五絃或七絃，琵琶有四絃，箏有十三絃，這個瑟卻有五十根絃——比別人多那麼多根絃。這已經是這種樂器的一個特質，而且關於錦瑟還有一個神話傳說，說是泰帝叫素女彈五十絃的錦瑟，聲音非常悲哀動人，使得泰帝流淚不止，於是泰帝就命令把五十絃的瑟破為兩半，所以後代的瑟就只有二十五絃了。你看，只一個「錦瑟」就給人這麼多的

錦瑟無端五十絃 → 一絃一柱思華年 →：

莊生曉夢迷蝴蝶
望帝春心託杜鵑
滄海月明珠有淚
藍田日暖玉生烟

→ 此情可待成追憶 → 只是當時已惘然 →

「錦瑟無端五十絃，一絃一柱思華年」，接下去他就開始「思」，所以圖中要用冒號。杜甫「故國平居」也「有所思」，杜甫「思」的是什麼？是蓬萊宮、曲江頭、昆明池那些長安的具體事物，而李商隱「思」的則都是現實中沒有的東西。是「莊生曉夢迷蝴蝶」、「望帝春心託杜鵑」、是「滄海月明珠有淚」、「藍田日暖玉生烟」，這四件事情都象喻著他過去心靈上所經歷的境界和感受。他所用的都是假想中的形象，我們先說「莊生曉夢迷蝴蝶」。《莊子・齊物論》上說，莊子有一次做夢變成了蝴蝶——「栩栩然蝴蝶也」；而他醒了，卻依然還是莊周——「蘧蘧然周也」。莊子是用這個故事來表現他的一種哲理思想。但李商隱

引用這個故事卻不是想用莊子哲理的本意，他只是要用故事之中的形象來表達他自己個人的一種情意。可是你們要注意：在這句詩中，「曉夢」的「夢」字是《莊子》上有的，「曉」字是李商隱加進去的；「迷蝴蝶」的「蝴蝶」兩個字是《莊子》上有的，「迷」字是李商隱加進去的。這就很妙了——李商隱只用了兩個字點化一番，就把《莊子》上的典故拿過來變成了他李商隱的了！這兩個字的作用是什麼？「曉夢」用一個「曉」字說明了夢境的短暫；「迷」用一個字表現了對夢境中的沈溺和迷惘。如果是長夜漫漫，那麼夜長夢多，你儘管去做夢好了；但曉夢是破曉之前的夢，很快就會被驚醒。就在這短暫的夢裡，詩人相信他真的變成了一隻美麗的蝴蝶在空中飛舞，是那樣癡迷地沈溺在夢境之中，然而這麼快就夢破驚醒了。所以他說「莊生曉夢迷蝴蝶」。

「望帝春心託杜鵑」又用了一個典故。古代傳說蜀國有一個望帝，由於蜀國發大水，他的宰相開明去治水，他就把皇位傳給了開明。而且，望帝平生犯

過一個錯誤，後來很是悔恨，所以死後魂魄就化為杜鵑。杜鵑總是懷念它的故國，人們說它的叫聲總像是在說「不如歸去」。可是，原來典故的故事中只是說望帝的魂魄化為杜鵑，卻沒說望帝的春心化為杜鵑。「春心」兩個字是李商隱加的。什麼是「春心」呢？我現在要講李商隱的另外一首詩來說明什麼是他的「春心」，這首詩是我們教材裡的參考詩篇〈無題〉：

颯颯東風細雨來，
芙蓉塘外有輕雷。
金蟾齧鎖燒香入，
玉虎牽絲汲井回。
賈氏窺簾韓掾少，
宓妃留枕魏王才。

春心莫共花爭發，
一寸相思一寸灰。

這首詩就是寫春天到來時春心的萌發。春風像細雨一樣滋潤著萬物，隱隱的雷聲驚醒了冬眠的動物，使沈睡的草木也開始萌發。於是，人的感情——一個女子的感情——也覺醒了。這個女子把香燒在一個金蟾形狀的香爐裡邊，香爐上有一個蓋子，可以鎖住，這是表層的意思。可是你看那「金蟾」的「金」多麼寶貴；「嚙鎖」多麼隱密；「燒」多麼熱烈；「香」多麼芬芳！所以「金蟾嚙鎖燒香入」表面上是寫女子生活中的燒香，實際上是寫女子內心深處一種芬芳熱烈感情的燃燒和萌發。「玉虎」指井上的轆轤，它的柄上有玉虎做裝飾。轆轤上纏繞的像絲線一樣的井繩千回百轉，當這女子打水的時候，轆轤的轉動就和她內心那千回百轉的感情結合到一起了。所謂「妾心古井水，波瀾誓不起」

（孟郊〈烈女操〉），但春風吹來，古井的水也搖蕩了。於是這個女子的感情就萌生了。於是就有了下二句所寫的：「賈氏窺簾韓掾少，宓妃留枕魏王才。」這兩句中的故事說的都是歷史上女子鍾情於男子的故事。「韓掾」就是韓壽，賈氏在簾子後邊窺見了他的美貌，就把她父親賈充的香偷來送給他。宓妃就是魏文帝的妻子甄后，本來是袁紹家的兒媳婦，據說她跟曹子建有一段感情，後來就留下一個枕頭送給曹植。總之，或因男子的英俊貌美，或因為男子的才華蓋世，就引動了女子愛情的萌發，這就是「春心」。可是李商隱在這〈無題〉詩的最後兩句卻說「春心莫共花爭發」——你要把你的春心壓下去，不要跟春天一起萌發；因為「一寸相思一寸灰」——你所有的相思懷念都是無望的。李商隱之所以有這種悲觀絕望的感情，那是時代和平生的遭遇給他造成的這種悲觀的心態。所以，「望帝春心」，是何等纏綿多情的一顆心：本來一個人活著有愛情，有放不開的關懷，死了之後就沒有了；可是望帝就是在死後化為杜鵑還在叫「不

玉生烟」，這四個列舉的景象都是李商隱對自己「華年」的回憶。他說，這些觸動我心絃的情事可是要等到今天成為回憶的時候才使我這樣悵惘哀傷嗎？不是。在當時我就已經這樣悵惘哀傷了。這真是「荷葉生時春恨生，荷葉枯時秋恨成；深知身在情長在，悵望江頭江水聲！」（李商隱〈暮秋獨遊曲江〉）這就是李商隱的感情。

時間已經這麼晚了，我不知道我們是結束，還是把李商隱的〈燕臺〉詩再說一下？（下面很多人說：「講下去！」）好，我把〈燕臺〉詩簡單地說一下。

〈燕臺〉詩是撲朔迷離的一組詩，而且裡面有一個美麗的插曲。這一組詩一共有春、夏、秋、冬四首，我們只選它的第一首。李商隱在他的〈柳枝詩序〉裡說，洛陽有一個女孩子名叫柳枝，她能夠演奏並且歌唱「天風海濤之曲」，中間還雜有「幽憶怨斷之音」。這個不平凡的女孩子在「塗妝綰髻」時從來不肯化妝完整，因為沒有一個人值得她把自己化妝完整的。有一天，李商隱的一個堂

弟偶然在路上吟誦李商隱的〈燕臺〉詩，這個女孩子一聽，內心就被觸動了，馬上就問：「誰能有此？誰能為是？」這句話問得很好。「誰能有此」是誰能有此情，是「能感之」，「誰能為是」是誰能為此詩，是「能寫之」。她問，誰能有這樣動人的感情，誰能寫出這麼美麗的詩篇來？這個問題正是我們也要問的。因為剛才講的那首〈錦瑟〉雖然朦朧，標題取的總還是全詩開頭的兩個字；而四首〈燕臺〉詩裡完全沒有「燕臺」這兩個字，也沒有寫任何與「燕臺」有關的東西。所以千百年來大家都在猜測：「燕臺」到底指的什麼？有人認為是指燕昭王的故事，因為燕昭王曾經築了一個黃金臺來招攬天下的賢士。還有人說，中國古代常常用「燕臺」借指地方軍政長官的幕府，而李商隱的一生都是在幕府中給人家做書記、寫應酬文字的。我不是說過詩歌可以引起讀者的聯想嗎？有的人就聯想了，說這四首詩寫得纏綿悱惻，一定是愛情的詩篇，那是李商隱愛上了他幕府主人的一個姬妾。我個人不大同意此種說法，我以為這首詩中可

能有兩層感慨，燕昭王曾招攬過天下賢士，而今天還有人招攬賢士嗎？沒有了，「昭王白骨縈蔓草，誰人更掃黃金臺！」（李白〈行路難〉）這是〈燕臺〉詩的第一層感慨。而且李商隱一生漂泊，棲身幕府，平生志意不得施展，這是〈燕臺〉詩的第二層感慨。但他所寫的這些感慨都並不一定實指李商隱現實的經歷，而是他心靈上的體驗。現在我們就來讀教材上選的這一首〈燕臺〉詩：

風光冉冉東西陌，
幾日嬌魂尋不得。
蜜房羽客類芳心，
冶葉倡條遍相識。
暖藹輝遲桃樹西，
高鬟立共桃鬟齊。

雄龍雌鳳杳何許？
絮亂絲繁天亦迷。
醉起微陽若初曙，
映簾夢斷聞殘語。
愁將鐵網罥珊瑚，
海闊天寬迷處所。
衣帶無情有寬窄，
春烟自碧秋霜白。
研丹擘石天不知，
願得天牢鎖冤魄。
夾羅委篋單綃起，
香肌冷襯琤琤珮。

今日東風自不勝，
化作幽光入西海。

這首詩寫春天到來，春風吹拂，雲影流移，大路上和小路上都是一片春光。「物色之動，心亦搖焉」（劉勰《文心雕龍・物色》），於是就呼喚起詩人善感的心靈去追尋一個對象。——我剛才說過一些別人的注解，大家回去自己看，現在我只講詩歌本身的字句給予我們的直接的感發是什麼。他說，我在追尋一個嬌美的精魂，但是找了很多日子也找不到。我這顆追尋的心就像鑽到花心深處尋找粉蜜的蜜蜂那顆心，一樣是「蜜房羽客類芳心」。春天的萬紫千紅，每一片花葉，每一根枝條，我都多情地搜尋過了，是「冶葉倡條遍相識」。於是，在追尋中我彷彿真的看見了我所尋求的那個對象。「暖藹輝遲桃樹西，高鬟立共桃鬟齊」——在黃昏日光的照射之中，在一棵桃樹的西邊，我看見一個梳著高髻的

女子。這句寫得很好。女子髮式的不同代表著地位品格的不同，高髻就顯得很有尊嚴而且高貴、美麗。可是桃樹也有髮髻嗎？沒有，不過春天的桃樹上開滿了花朵，看上去就像插滿了花的女子的髮髻，於是就成了「高鬟立共桃鬟齊」。但這一切都不是真的——「雄龍雌鳳杳何許？絮亂絲繁天亦迷」。雄和雌是一對，龍和鳳是一對，有雄就應該有雌，有龍就應該有鳳。可是現在雄龍和雌鳳都是孤獨的、遙遠的，都沒有出現。我看見的是什麼？是「絮亂絲繁天亦迷」，那滿天的飛絮。「春風不解禁楊花，濛濛亂撲行人面」（晏殊〈踏莎行〉），我的心緒就和空中那些飛絮游絲一樣淩亂，李賀詩說「天若有情天亦老」，天若有情也會和我一樣地迷惘。

黃昏，當我酒醒的時候太陽已經西斜了。在朦朧中，我竟把落日餘暉當成了破曉的朝霞，所以是「醉起微陽若初曙」。但畢竟已是黃昏了，夕陽照到窗櫳上，一下子驚醒了我的夢，夢中那個人說話的聲音好像還留在我的耳邊。杜甫

懷念李太白曾經說，「落月滿屋梁，猶疑照顏色」（杜甫〈夢李白〉）——我從夢中驚醒，屋梁上一片月光，我好像看到李太白的影子還在那月光之中。這是多麼深切的相思懷念，可見他在夢中也沒有放棄自己的追求。醒來還彷彿聽到夢中人的談話。那麼怎樣追尋呢？他說「愁將鐵網罥珊瑚，海闊天寬迷處所」。據說採珊瑚先要向海底沉一面大鐵網，珊瑚就從網洞之間生長出來，然後你把鐵網向上一拉，就把珊瑚連根拔起了。他說我拿著一面鐵網，希望能夠網住世界上最美好的一個事物，但是我把我的網下在哪裡呢？地上是波濤洶湧的大海，天上是無邊無際的長空，我拿著網是這樣哀愁，因為我沒有一個下網的地方。

可是我的思念和追尋沒有停止，沒有放棄。「衣帶無情有寬窄，春烟自碧秋霜白」——衣帶是沒有感情的，你要是瘦了，它馬上就長出一塊來，這是冷酷無情地在告訴你，說你是憔悴了，衰老了，你那等待和追求的生命並不長久了。從春天到秋天，我一直在不斷地追求，但是春天那烟靄迷濛中的碧綠、秋天那

季節的轉變，春天已經過去了。「今日東風自不勝，化作幽光入西海」——今天已經是「東風無力百花殘」的時候了，以往的一切追尋、迷惘和哀怨已經全都歸於枉然。我們不是常說人生的消逝就像流水一樣嗎？那麼像光一樣的流逝就更加可怕。而這些哀怨悲傷的感情自然不會化作絢爛的光而必然是「幽光」。但是，那一份深沈的幽怨並沒有斷絕，不僅沒有斷絕而且是積聚在深沈的大海之中了。

現在，我們要抓緊時間趕快來做一個總結了。剛才我把李商隱的〈錦瑟〉詩作了一個圖解，通過圖解我們可以看出，李商隱是用理性的結構來組織非理性的形象。〈錦瑟〉詩中間四個對句裡的形象都是非理性的，這首〈燕臺〉詩中的「天牢」啦，「冤魄」啦，「高鬟」啦，「桃鬟」啦，也都是非理性的形象。然而，「高鬟立共桃鬟齊」這個句子完全合乎文法，很通順。於是就造成了一種特殊的效果。這就是李商隱的妙處之所在了：他能夠造成一種讓你似解非解的效

果。由於他有理性的結構和通順的句法，所以你覺得似乎可以理解；而且傳達的句法都帶著強大的感動力量。但他組織起來的都是非理性的形象，所以你又覺得無法理解。這就給讀者留下了想像的餘地。每一個讀者都有不同的背景、不同的感情和心靈，因此每個人讀李商隱的詩都可以有自己的所得。李商隱的口吻——像「錦瑟無端五十絃」、「此情可待成追憶」——讓你覺得似乎傳達了一種強大的感發力量，然而你又抓不著它在哪裡，所以才給了你這麼自由的想像。因為時間的限制我們只能把李商隱停止在這裡，下面我們將把這次講座的內容做一個簡單的總結。

這次系列講座我們主要討論的是如何評賞中國古典詩歌的問題。約言之大概有以下幾個重點。首先從中國傳統詩論的特色而言，我曾提出說重視興發感動的作用乃是中國詩論的一個重要特質。而且中國所重視的「興」的作用又可分別為作者和讀者兩方面來談。就作者而言的「興」，所重視的是心與物交感而

引發寫詩之動念的一種作用；就讀者而言的「興」，所重視的則是讀者閱讀詩歌時所引起的一種感發和聯想的作用。引起作者的感心之物的來源，大別之可分為自然界之景物與人世間之事物兩大類。不過僅有此種內心之感發卻還不夠，更要能把這種感發在作品中做出充分恰當的表達，這才可以成為一首成功的作品。也就是說「能感之」和「能寫之」乃是作者所應具備的兩項基本要素。至於如何才能在「能寫之」方面獲得成功，則在於作者對於作品中所使用的形象及語彙的選擇和安排組織的能力及方式。而讀者也就正是憑藉著作品中的這種種表達方式而獲得一種感動和興發的。而讀者的感動和興發也又可分為兩個層次，一種是只就作品所寫之內容獲得一種一對一的感動，這是第一個層次；另一種則是更可以因讀者個人之修養和品性的不同而從作品中獲得一種一生二、二生三、三生無窮的感發和聯想，這是第二個層次。不過這種感發實在又受著作品本身的限制，有的作品含有較豐富的潛藏的能力(Potential effect)，就可以給

寫實的形象也可以蒙上一層象喻的色彩。而且在結構的進行方面，杜甫也能使理性的安排與感性的興發結合得恰到好處。至於其內容的纏綿忠愛，對國家人民的摯愛之情，更能使千百年以下的讀者讀到他的作品時也仍然感動不已，這是杜甫的過人的成就。至於李商隱所使用的則大多為現實中本來沒有的假想的形象。而在詩歌的結構進行方面，李商隱則是往往用理性的結構來組織一些非理性的形象，因此他的詩遂往往能帶給讀者一種雖然難於指說但卻又極為強烈的感動，而他所表現的情感，在本質方面則多屬於對國事的憤慨和對自身之理想志意的追尋嚮往，和追尋而不得的悵惘哀傷。千百年以下的讀者讀之，不僅可以引起對李商隱本人的身世遭遇的感動和同情，也能引起讀者自己對於美好的理想的一種追尋嚮往的感情。這是李商隱的過人的成就。他們三位詩人的性格身世各異，表達的方式也有很大的不同，但卻同樣屬於既能感之又能寫之的富於興發感動之力量的作者。希望這些個例能對大家評賞古典詩歌方面有一點

138 迦陵談詞　葉嘉瑩 著

晚唐到兩宋是中國文學史上詞的盛世，各方詞學大家不勝枚舉。本書從王國維《人間詞話》中三種境界引發對詩歌的欣賞開始，深入評析各家詞作之精髓，引領您一窺詞學的內蘊之美。

國家圖書館出版品預行編目資料

好詩共欣賞：陶淵明、杜甫、李商隱三家詩講錄／葉嘉瑩著.－－二版二刷.－－臺北市：三民, 2014
面；公分.－－(三民叢刊:171)

ISBN 978-957-14-5751-2 (平裝)

831.4 101025718

© 好詩共欣賞
——陶淵明、杜甫、李商隱三家詩講錄

著作人 葉嘉瑩
發行人 劉振強
著作財產權人 三民書局股份有限公司
發行所 三民書局股份有限公司
地址 臺北市復興北路386號
電話 (02)25006600
郵撥帳號 0009998-5
門市部 (復北店) 臺北市復興北路386號
(重南店) 臺北市重慶南路一段61號
出版日期 初版一刷 1998年2月
二版一刷 2013年1月
二版二刷 2014年11月
編號 S 820890
行政院新聞局登記證局版臺業字第〇二〇〇號

ISBN 978-957-14-5751-2 (平裝)

http://www.sanmin.com.tw 三民網路書店